한국인의
일본관

한국인의 **일본관**

초판 인쇄 2015년 4월 21일
초판 발행 2015년 4월 30일

저 자 박상현
발행인 윤석현
발행처 박문사
등 록 제2009-11호

주소 서울시 도봉구 우이천로 353 성주빌딩 3F
전화 (02) 992-3253(대)
팩스 (02) 991-1285
전자우편 bakmunsa@hanmail.net
홈페이지 http://www.jncbms.co.kr
책임편집 최현아 · 김선은

ISBN 978-89-98468-60-6 03830   정가 13,000원

한국인의 **일본관**

박 상 현

박문사

격세지감!

한일국교정상화 50주년이 되는 올해에 일본에 대한 우리의 시각 변화를 한마디로 말한다면 '격세지감'이다. 한때는 '지일(知日)'··'극일(克日)'이라는 표어가 유행했었다. 그리고 얼마 전까지만 해도 한편으로는 일본을 무시했지만, 다른 한편으로는 '일본을 배우자'는 목소리가 드높았다. 그런데 최근은 어떠한가? '지일'·'극일'이라는 말은 사어(死語)가 되어 버렸다.[1] '일본 무시'는 더 심해졌고, '일본을 배우자'는 주장은 '일본 무관심'으로 급격히 대체되었다. 왜 이런 급격한 변화가 생겼을까? 그 원인으로는 우선 세계적으로 그리고 한국에 미치는 일본 경제의 약화가 있을 것이다. 어느 누가 소니 등으로 대표되는 일본 기업의 몰락을 예상했고, 어느 누가 삼성으로 대표되는 한국 기업의 비약

---

1 필자가 조사한 바로는 2005년을 전후로 하여 '지일'··'극일'이라는 슬로건은 대체적으로 사라져 갔다. 이와 같은 현상을 우려하면서 최근에 유민호는 '극일'을 내세우며 『일본 내면 풍경』(살림, 2014년 8월)을 출간했는데, 오히려 이런 저서는 예외에 속한다.

적 발전을 예측했겠는가? 다음으로 2011년 3월 11일에 일본에서 발생한 동일본지진과 방사능 유출을 들 수 있다. 이것으로 '일본은 안전한 사회'라는 신화가 완전히 깨졌을 뿐만이 아니라, 일본은 사람이 살 곳이 못된다는 분위기마저 조성되어 버렸다. 마지막으로는 한일 관계의 악화와 더불어 일본에 대한 부정적인 수많은 이야기를 유포하는 대중매체의 존재도 무시할 수 없다. 그 결과 중·고등학교에서는 일본어 교사가 다른 교과목을 가르쳐야 하는 상황이 발생하고 있고, 대학에서는 일본 관련 학과(앞으로 '일본학과'로 약칭)가 구조조정의 대상이 되고 있다.

최근 대학에 불고 있는 일본학과의 변화에 대해 그 분야에 몸담고 있는 교원은 큰 걱정을 하고 있다. 자신의 문제이기 때문이다. 필자도 또한 예외가 아니다. 하지만 어쩌면 지금까지 일본학과가 너무 호경기였는지도 모른다. 거기에 종사하는 교수들의 노력보다 그 보상이 더 컸던 측면이 없지 않기 때문이다. 그렇게 생각한다면 현재는 수요라는 측면에서 '거품'이 빠지고 있는 상황이라고 봐야 하지 않을까.

그렇다면 향후 일본학과에 대한 수요는 어떻게 될까? 안타깝게도 지금과 같은 상황은 당분간 지속될 것 같다. 과거에 있었던 일본학과의 놀라운 신장은 철저하게 일본 경제의 비약적 발전에 의존했었는데, 앞으로 일본 경제가 예전과 같은 모습을 보이기는 어렵기 때문이다. 여전히 일본이 경제대국으로 행세를 하기는 하겠지만 말이다.

일본학과의 재도약을 바라는가? 일본 경제라는 외부의 긍정적 영향을 기대한다면 아마 없을 것이다. 그러나 일본학계에서 일하고 있는 우리가 변한다면 가능하다고 본다. 떠올려 보자. 우리 주위에 이어령의 『축소지향의 일본인』, 김정운의 『일본열광』, 유홍준의 『나의 문화유산답사기』(일본편)와 같은 대중적 글쓰기가 되는 학자가 있는가. 생각해 보자. 김윤식의 『한일문학의 관련양상』과 같은 학문적 글쓰기가 가능한 학자가 있기는 하는가. 인정하고 싶지는 않지만 이와 같은 철저한 자기반성 속에서 일본학과의 재도약을 꿈꿔야 한다고 본다.

그러기 위해서는 첫째, 일본학계에서 이룬 연구 성과를 일반 독자에게 알기 쉽게 전달하는 대중적 글쓰기가 시급하게 이루어져야 한다. 물론 지금까지 그런 노력이 전혀 없었던 것은 아니다. 하지만 에세이와 같은 글쓰기로 일본학의 재미와 매력을 쓴 저서는 별로 눈에 띄지 않는다. 둘째, 일본학의 고전을 우리말로 옮긴 번역서를 좀 더 많이 출간해야 한다. 김용옥이 『동양학 어떻게 할 것인가』에서 이미 강조했듯이, 고전에 대한 번역서 없이 그것에 대한 올바른 이해가 있을 수 없기 때문이고, 고전에 대한 바른 이해 없이 흥미로운 대중서는 결코 나올 수 없기 때문이다. 셋째, 일본학을 하는 연구자는 우리말로 학술논문을 발표해야 한다. 우리나라에서 발표하고, 그 독자가 한국인이라면 말이다. 물론 일본어로 발표하는 이유와 그 의미는 충분히 알고 있다. 하지만 일본학이 한국의 인문학에 신선한 자극을 주고, 그 분야의 전공자들에게 주목을 받기 위해서도 우리말로 발표하는 것은 중요하다. 한국어가 학술어로 정착하기 위해서도 그렇다. 넷째, 일본학의 연구 영역을 확장해야 한다. 일본학계에서는 보통 그 연구 대상을 일본에서 생산된 텍스트로 한정하는 경향이 있다. 물론 그것은 기본이다. 하지만 거기에 만족해서는 안 된다. 예컨대 식민지 시기의 경우를 생각해 보자. 최남선, 이광수, 김억 등이 일본어로 발표한 텍스트는 국

(문)학의 연구 대상이기도 하지만, 일본학의 연구 대상이기도 하다. 그리고 지금까지 주로 국(문)학이 다룬 연구 테마에 앞으로는 일본학 연구자도 적극적으로 참여해야 한다. 곧 일본학 연구 영역의 외연을 확장해야 한다. 그리고 그 성과가 학과 교과목에도 반영되어야 한다. 한일비교문학, 한일비교문화 등에 관심을 가지고 있는 수요자가 적지 않기 때문이다.

필자는 2010년에 『한국인에게 일본이란 무엇인가』(박문사)를 출간했다. 과분하게도 그해 '문화체육관광부 우수학술도서'로 선정되었고, 적지 않은 부수가 팔렸다. 부족한 저서에 큰 관심이 있었던 것이다. 하지만 따가운 비판도 많았다. 가장 많이 받은 지적은 졸저에 인용이 너무 많다는 것이고, 필자의 견해가 없다는 것이었다. 변명같이 들릴지 모르지만 인용이 많았던 것은 졸저의 성격상 어쩔 수 없는 부분이었고, 오히려 그것이 필자의 전략이었다. 즉 1990년대에서 2000년대 초에 출간된 일본 관련 주요 대중서에 나타난 우리의 일본인식을 독자에게 가능한 가공 없이 전달하고 싶었다. 개입하고 싶은 강한 욕망을 참으면서 말이다. 직접 인용이라는 방식을 택했던 이유다. 그래서 필자의 견해가 잘 드러나지 않게 보였던 것 같다. 하지만 졸저의 부제목이 '일본이라는 거울을 통해 본 우리들의 초상'인 것처럼 졸저에서는 누차 우리의 일본인식을 통해 우리 자신의 모습을 지적했다.

졸저에 대한 비판은 이것만이 아니었다. 방법론이 보이지 않고, 단순한 사실의 나열만을 했다는 혹독한 지적도 있었다. 이 대목에서는 좀 안타까웠다. 기존에 있었던 일본에 대한 우리의 수많은 언급을 분석해 보면, 그 지저에는 일본에 대한 우리의 우월의식과 열등의식 그리고 피해의식이 복합적으로 작용하고 있었다. 그리고 우리에게 이런 세 가지 의식이 존재한다는 것을 본격적으로 논한 것은 졸저가 처음이었다. 이런 세 가지의 의식으로 일본에 대한 우리의 담론을 분석한 것이 필자의 방법론이었다.

만 5년이 지났다. 서두에서 이미 말했듯이 다섯 해 동안 일본을 바라보는 우리의 시각 변화에 '격세지감'을 느낀다. 졸저에서 지적했던 일본에 대한 우리의 열등의식도 격감했다. 바람직한 일이다. 하지만 그럼에도 여전히 우리가 일본에 대해 우월의식과 열등의식 그리고 피해의식을 가지고 있다고 생각한다. 정도의 차이는 있겠지만 말이다. 그런 의미에서 필자의 분석틀은 여전히 유효하다고 판단한다. 하지만 동시에 뭔가 부족하다고 느낀다. 우리가 일본을 어떻게 봐왔고, 그것을 통해 우리의 자화상도 살펴봤지만, 앞으로 일본을 어떻게 볼 것인가에 대한 제시가 충분하지 않았기 때문이다. 졸저를 계승하면서 한 발이라도 더 나아간 글을 쓰고 싶었다. 마침 올해는 한일국교정상화 50주년이지 않는가. 여러 가지 면에서 준비가 덜 되어 있지만 『한국인의 일본관』을 내기로 한 이유다.

『한국인의 일본관』은 『한국인에게 일본이란 무엇인가』를 철저히 계승했다. 본서는 2부와 부록으로 구성되어 있는데, 제1부는 한국인의 일본관, 제2부는 나의 일본관, 부록은 문화형으로 바라본 한일비교문화다. 제1, 2부가 『한국인에게 일본이란 무엇인가』를 이어받은 것이라면, 부록은 그것의 한계를 넘고자 했던 것이다. 전자에 내용면에서 가감을 하고 싶은 욕구와 충동도 있었지만, 필자의 문제의식에 큰 변화가 없었기에 오탈자와 비문 정도를 고친 후 그대로 두었다. 후자에서는 '상황론의 한국문화'와 '원칙론의 일본문화'에 대해 썼다. 결코 분량은 많지 않지만 앞으로 일본을 어떻게 바라봐야 하는지에 대한 하나의 시사점은 되리라고 생각한다. 기회가 된다면 이 부분을 더욱 발전시켜『일본문화의 패턴』(가칭)으로 출간하고자 한다. 여기서는 예를 들어 '반복확인형의 문화', '경계중심의 문화', '고맥락의 문화', '과거확인형의 문화', '결속의 문화', '개인주의 문화', '원거리 감각의 문화', '집합(단)주의의 문화', '모호성의 문화' 등과 같이 문화형(型)으로 일본을 봐라볼 예정이다.

끝으로 독자에게 당부하고 싶은 것이 있다. 졸저인『한국인의 일본관』에서는 일본, 일본인, 일본문화에 대한 많은 사례가 나온다. 그런 것이 우리 사회에는 없는지, 자기 비판적으로 읽어 주길 바란다. 가끔은 가슴이 뜨끔할 때도 있겠지만 말이다.

또한 졸저에는 눈에 거슬릴 정도로 열등의식, 우월의식, 피해의식이라는 용어가 자주 등장한다.『한국인의 일본관』을 논할 때 빼놓을 수 없는 키워드이기 때문이다.

⛁

일본학을 하는 연구자의 과제와 소명은 무엇일까? 현재의 한일 관계가 사상 최악이라고 해서, 일본이 지난 과거사에 대해 우리에게 진

정한 사과와 충분한 배상을 하지 않는다고 해서, 우리가 폭력을 동원
하여 일본과 전쟁을 할 수는 없지 않는가. 그렇다면 일본학을 연구하
는 학자의 역할은 한일 간의 우호 증진을 위해 일본에 대한 우리의 이
해를 높일 수밖에 없다고 본다. 그럼 그것을 위해 우리 국민은 어떤
자세를 취해야 할까? 첫째, 아베 신조(安倍晋三)로 대표되는 일본 정부와
일본 국민을 별개로 인식해야 한다. 둘째, 민간 차원에서 활발한 교류
를 지속적으로 해야 한다. 이 방법이야말로 '국가의식'과 '민족의식'에
기대고 있는 일본 정부를 무력화하는 유일한, 그리고 유효한 방법이라
고 생각한다.

　딸아이가 금년에 유치원에 들어갔다. 한일 커플 사이에 태어난 다문
화 아이다. 5살 수준이긴 하지만 한국어와 일본어를 곧잘 한다. 그 아
이에게 한국어는 모국어고, 일본어는 모어다. 성장해 가면서 자신의
정체성에 혼란을 느끼는 시기가 반드시 올 것이다. 하지만 그때 내 아
이가 자신이 한국인인가 일본인인가에 방황하지 않기를 바란다. 그럴
시간과 여유가 있다면 중국어를 배우고, 영어를 학습하여 동북아시아
의 시민으로 자신의 삶의 터전인 이 지역의 평화와 번영을 위해 무엇
을 할 수 있는지를 고민했으면 한다.

　　　　　　　　　　한일국교정상화 50주년을 맞이하는 해에
　　　　　　　　　　　(영휘원이 바라보이는 연구실에서)

목차

프롤로그

　몇 년 전의 일이다. 우리 부부는 서울에서 수도권의 I시로 이사를 했다. 아내가 서울에서 I시로 전직했고, 서울에서 출퇴근하기에는 좀 먼 거리여서 우리는 이사를 결심했다. 당시 가족이라곤 단 둘이어서 책 말고는 짐이라고 할 만한 것은 거의 없었다. 아내는 I시로 이사 가는 것에 굉장히 불안해 했다. 서울에서 누리던 문화생활을 과연 거기서도 향유할 수 있을지 알 수 없었기 때문이다. 필자는 필자대로 불안했다. 일본에서의 유학 생활을 제외하곤 서울 밖에서 생활해 본 적이 없었고, 따라서 친척이나 지인이 없었기 때문이다. '만일 무슨 급한 일이라도 생긴다면…' 하는 막연한 불안감이 있었던 것이다.

　I시에서 원룸을 빌렸다. 경제적인 이유도 있었지만 우리에게는 다른 의도가 있었다. 서로 내색은 하지 않았지만 아내는 아내대로 필자는 필자대로 서울로 돌아가고 싶었기 때문이다. 아내는 I시의 한 대학에 초빙교수로 부임하게 되었는데, 계약 기간은 1년이었다. 대학에서 연장을 해 준다고 하더라도 길어야 2년 정도 그 대학에서 교편을 잡을 수 있었다. 아내는 이런 짧은 계약 기간에 불만을 털어놓으면서도 한

편으로는 차라리 잘 됐다고 했다. 계약 기간이 짧은 만큼 그만큼 빨리 서울로 돌아갈 수 있기 때문이었다. 한편 필자도 아는 사람도 없는 타지에서 오랫동안 지내고 싶지는 않았다.

이사를 도와주신 부모님과 원룸 근처에서 저녁 식사를 하고 식당을 나설 때였다. 부모님은 "이사를 했으니 새집과 정들기 위해서도 오늘은 이사한 집에서 쉬어라!"라고 말씀하셨다. 그 말씀에 따라 우리 부부는 원룸에서 이사 첫날을 보내기 위해 새집으로 향했다. 그리고 방으로 들어갔다. 이사한 첫 날의 어수선함은 말할 것도 없거니와 뭔가 휑한 느낌이 들어 도저히 잠을 청할 마음이 들지 않았다. 결국 우리 부부는 비즈니스호텔에서 잠을 자기로 합의를 보고 원룸을 나왔다. 다행히 주변에는 호텔이 있었다. 그런데 비즈니스호텔은 없고 '러브호텔'만 즐비했다. 서로 얼굴을 쳐다보며 웃었다.

우연인지 숙명인지 알 수 없었지만 결국 한 러브호텔로 들어가기로 했다. 카운터에는 한 남자가 자리를 지키고 있었다. 40대 후반이나 50대 초반으로 보이는 그는 신문을 읽고 있었다. 우리는 조그마한 소리로 이야기를 했다. 평상시와 같이 일본어(日本語)로. 그리고 내가 물었다. 한국어(韓國語)로.

"요금은 얼마에요?"

그러자 잠시 후 카운터에 있던 그 남자가 입을 열었다.

"태풍이 일본을 강타했대! 사상자도 났다고 하네! 일본놈들 옛날에 나쁜 짓을 하더니 꼴 좋다!"

그리고는 우리 부부를 보고, '씩' 웃었다.

아내는 그 남자가 뭐라고 말했는지 잘 알아듣지 못한 표정이었다.

그의 말에는 사투리가 많이 섞여 있었기 때문이다. 한국에서 짧지 않은 기간을 살았다고는 하지만 표준어가 아닌 방언을 일본인인 아내는 이해하기 어려웠던 모양이다. 이 날처럼 아내의 높지 않은(?) 한국어 능력을 고맙게 생각한 적도 없었던 것 같다.

한편 필자는 좀 당황했다. 그리고 궁금했다. 그 남자는 우리를 일본 사람이라고 판단하고, "태풍이 일본을 강타했대! 사상자도 났다고 하네! 일본놈들…"이라고 말한 것일까? 아니면 그냥 혼자 한 말을 필자가 '과잉 반응'한 것일까?

하지만 그 남자가 우리 부부를 일본인이라고 생각하고 의식적으로 "태풍이 일본을 강타했대! 사상자도 났다고 하네…!"라고 말했든, 무의식적으로 혼잣말을 했든 그것은 중요한 것이 아니다. 그 남자가 가지고 있는 일본(인)에 대한 '감정'에는 변화가 없기 때문이다.

그러고 보니 필자도 그 남자와 같은 '감정'을 가진 적이 있었다. 대학을 다닐 때였다. 일본 관련 학과를 선택한 것은 오직 '지일'='극일'이라는 목표가 있었기 때문이었다. 따라서 미디어를 통해 간간히 일본의 과거사 인식이나 발언을 들으면 분개했다. 그리고 일본에서 태풍이나 지진과 같은 자연 재해가 발생해 사상자가 나면, 카운터의 그 남자와 같이, "태풍이 일본을 강타했대! 사상자도 났다고 하네! 일본놈들 옛날에 나쁜 짓을 하더니 꼴 좋다!"라고 생각했고, 그리고 그렇게 말했다.

카운터의 그 남자나 대학생 때의 필자가 가졌던 일본(인)에 대한 '감정'이란 결국 '증오심'인 것이다.

그런데 우리는 언제까지 일본이나 일본인에게 이와 같은 '증오심'

을 가져야만 할까? 그리고 그런 감정을 간직하고 살아가는 것이 '카운
터의 그 남자'나 '대학생의 필자'의 정신 건강에 과연 좋을까?

한국인의 '분열적인 복합심리'

　역사학자인 하우봉은 『한국과 일본 ─ 상호인식의 역사와 미래』(살림,
2005년 7월)에서 한국인의 일본관의 특징은 '분열적인 복합심리'라고 할 수
있다고 진단한다. 즉 일본은 경제대국으로서 배움의 대상이 되기도 하지
만, 역사적 가해자로 증오의 대상이기도 하다는 것이다.

김효순[2]은 「하토야마 선점, 그저 모양새인가」에서 다음과 같이 지
적했다.

　일본도 자국민 피랍 문제의 주술에서 벗어나야 한다. 북한 공작원의 일본
인 납치가 개탄스런 일임에 틀림없지만 피해 정도를 따지면 식민지 지배 피해
와 비교가 되지 않는다.[3]

　틀린 말은 아니다. 하지만 '납치 문제'를 단지 숫자의 비교로 파악

2　앞으로 모든 인명에는 존칭을 생략한다.
3　한겨레신문, 2009년 10월 7일 자. 앞으로 인용할 원문의 철자법, 띄어쓰기 등은 원문 그대
　로 인용한다. 이하 같음.

하는 이런 '인식'으로는 한일 간의 문제는 영구히 해결되지 않을 것이다.

이 지점에서 필자는 일본에서 '평화주의의 대부'라고 평가받았던 고(故) 사카모토 요시카즈(坂本義和)의 발언에 주목한다. 일본에서 북한의 납치 문제가 화제가 되었을 때, 그는 조총련이 발행하는 조선신보와 인터뷰를 했다. 거기서 딸의 납치 문제가 해결되기 전에는 북한에 식량 지원을 해서는 안 된다고 일본 외무성에 건의한 요코타 메구미의 부모를 강하게 비판한다. 그리고는 다음과 같이 지적한다.

자신의 자식이 걱정된다면 식량이 부족한 북한 어린이들의 어려움을 가슴 아파해 원조를 보내는 게 당연하다.[4]

지금 우리에게 요청되는 것은 바로 사카모토 요시카즈와 같은 인식이 아닐까?

⁂

한겨레신문사와 한국의 '국치 100년 사업 공동추진위원회'는 과거사 문제 해결을 위해 오랜 시간 동안 같이 활동을 해 오고 있는 한일 두 나라의 진보적인 학자와 변호사 및 시민 활동가 등에게 새로운 100년을 위해 한일 양국이 어떤 선택을 해야 할지를 묻는 설문조사를 했다.

---

4 사카모토 요시카즈, 「'비핵공동체' 전제돼야 '동아시아 공동체' 가능」, 한겨레신문, 2009년 9월 16일 자.

그리고 그 결과를 2010년 1월 1일 자에 발표했다. 물론 전문가를 대상
으로 했다는 점에서 일반 시민의 정서와는 다소 차이가 있겠지만 참고
는 할 만하다고 판단된다.

우선 새로운 100년을 위해 한일 두 나라에서 해야 할 일에 대해서
는, 두 나라의 역사인식을 좁힐 수 있는 다면적인 대책 마련이 시급하
다는 쪽으로 대다수 전문가의 의견이 일치했다고 한다.

다음으로 새로운 100년을 맞아 한국과 일본의 시민들이 가져야 할
자세를 묻는 주관식 질문에서는 거의 대다수의 의견이 '편협한 자국
중심의 국가주의를 버려야 한다', '서로를 인정하는 사회를 만들려면
공통의 역사인식을 만들어야 한다', '(일본인은) 불편하더라도 사실을
직시해야 한다', '동아시아 시민들을 위한 공통의 역사 교육방법을 개
발해야 한다'는 쪽으로 의견이 모아졌다고 한다.[5]

이런 지적은 극히 타당하다. 그런데 필자의 흥미를 끈 것은 '독도
문제'에 대한 한일의 진보적인 지식인의 의견이다. 한국의 진보적인
지식인은 '일본 정부의 언급 자제'(30%)를, '일본 교과서, 방위백서 등
에서 삭제하는 등 적극 노력 필요'(50%)를 각각 요구했다. 반면에 일본
의 진보적인 지식인은 '일본 교과서, 방위백서 등에서 삭제하는 등 적
극 노력 필요'(23%)를, '양국이 평화적으로 이용할 수 있는 새로운 대안
마련'(38.4%)을 각각 주장했다.

한국의 진보적인 지식인의 언급을 보면, 그들에게는 독도가 한국의
고유한 영토이고, 따라서 그것은 일본과 영토 분쟁의 대상이 되지 않는

---

5 한겨레신문, 2010년 1월 1일 자.

다는 인식이 강하게 깔려 있다. 반면에 일본의 진보적인 지식인은 한국의 진보적인 지식인과 같은 인식을 가지고 있다고 말하기 어렵다. 결국 '독도 문제'에서는 양국의 진보적인 지식인이라고 불리는 사람들도 '의사소통이 되지 않는다'는 것이다. 양국의 진보적인 지식인이라는 사람들이 이 정도라면 일반 시민이야 말할 필요도 없을 것이다. 이래서는 엉킨 실타래는 풀리지 않는다. 새로운 인식이 필요하다.

　필자가 이 책을 쓰기로 한 것은 지금도 과제로 남아 있는 한일 간의 문제를 풀 실마리를 필자 나름대로 제언하기 위해서다. 그리고 그것을 우선 한국인에게 호소하고, 그런 후에 그것을 그대로 일본인에게도 호소하고 싶다. 그렇다고 해서 이런 주장을 할 때 필자는 다음에 소개하는 이원복과 같은 입장에 서 있지는 않다. 오히려 반대다. 이원복은 『새 먼나라 이웃나라』에서

　　우리에게 가장 중요한 것은 **일본을 '일본'으로 보는 것이 아니라** 이 세계 수백 개 나라의 하나인 '외국'으로 담담하게 바라볼 수 있는, 감정을 배제한 냉정한 시각이라고 믿기 때문입니다.[6]

고 말한다. 그의 이런 지적은 지금까지의 일본 연구가 감정을 배제하지 못했다는 것에 대한 반성에서 나왔고, 그런 점에서 필자도 그의 지적을 높이 평가한다. 하지만 우리는 일본과 역사적으로 별로 교류가 없었던 나라도 아니고, 우리가 그런 지역에 속해 있는 것도 아니다. 이

---

6 이원복, 『새 먼나라 이웃나라―일본·일본인편』, 김영사, 2000년 1월.

원복의 제언은 그런 나라와 지역의 사람들이 '실천하면 되고', 또한 '할 수도 있다'. 그러나 우리가 이원복의 제언을 그대로 따르기에는 한일 관계는 너무 복잡 미묘하다. 한국은 일본을 보는 거울이고, 일본은 한국을 보는 거울이다. 따라서 필자는 다음과 같이 제언하며, 그런 입장에서 본서를 집필하고자 했다.

우리에게 가장 중요한 것은 일본을 '일본'으로 보는 동시에 이 세계 수백 개 나라의 하나인 '외국'으로 담담하게 바라볼 수 있는, 감정을 배제한 냉정한 시각이라고 믿기 때문입니다.

위와 같은 입장에 설 수밖에 없는 것은 우리의 '숙명'인지 모른다. 아니 오히려 우리만이 가능한 일인지도 모른다.

본서는 2부와 부록으로 구성되어 있다. 제1부 한국인의 일본관은 4개의 장으로 되어 있다. 제1장인 '일본'이라는 거울을 통해 본 우리의 초상에서는 한국에서 이루어진 주요 일본론을 정리·소개한다. 동시에 그와 같은 일본론의 토대가 되어 있다고 생각되는 우리의 멘탈리티, 즉 일본(인)에 대한 열등의식, 우월의식, 피해의식을 구체적인 사례를 제시하면서 드러낼 것이다. 제2장 '일본인'은 8개의 절로 구성되어 있다. 주로 '표상으로서의 일본인'을 언급한 것으로, 그 내용은 각각 다음과 같다. 1.일본 여자는 서양 남자를 좋아한다 2.일본인은 차갑다 3.일본인은 정직하고 신용이 있다 4.일본인은 잔인하다 5.일본인은 이중적이다 6.일본인은 상대방을 가볍게 대한다 7.일본인은 애매모호하다 8.일본인은 재일교포를 차별한다. 제3장 '일본문화'는 아래와 같은 내용을 담고 있다. 1.집 2.목욕 3.일본어 4.모방 5.만엽집 6.장인 정신 7.사제지간 8.안전한 일본 사회 9.일본화. 그리고 제2장과 제3장을 통해 이와 같은 구체적인 '일본인' 및 '일본문화'의 이미지가 우리의 일본(인)에 대한 열등의식, 우월의식, 피해의식에 의해 표상되고 있음을 밝힐 것이다.

그런데 박유하는 『누가 일본을 왜곡하는가─일본을 왜곡하고 우리 자신을 왜곡하는 그 모든 이미지를 깨뜨리는 한국 정신분석』(사회평론, 2000년 8월)과 이 책의 개정판인 『반일 민족주의를 넘어서』(사회평론, 2004년 4월)의 제3장에 '표상으로서의 일본인'이라는 장(章)을 두고 있다. 그리고 일본인은 창의성이 없다, 일본은 '칼의 나라', 일본에는 '기술'만 있다, 일본인은 잔혹하다 등과 같은 제목 아래 그것과 관련된 내용을 담고 있다. 그는 결국 위와 같은 것들이 우리에게 표상된 일본인이라고 말하면서 그 문제점을 지적한다. 2000년대에 출판된 그의 책에 나온 '표상으로서의 일본인'과 본서에서 분석 대상이 된 주로 1990년대에 나온 여러 책에 표상된 일본인 사이에는 밀접한 관련이 있다. 아니, 이 책을 쓰고 있는 현재도 그와 같은 일본인의 이미지는 우리의 뇌리에 깊이 각인되어 있다. 그리고 어쩌면 당분간 그런 일본인의 이미지는 대다수의 한국인을 지배할지도 모른다. 그만큼 한국 사회에서 '스테레오타입'화된 일본인론이 강력한 힘을 발휘하고 있다는 것이다.

제4장인 한국인의 '일본관'의 원형은 5개의 절, 즉 1. 김소운과 『목근통신』 2. '일본(인)'에 대한 양면성 3. 열등의식 4. 우월의식 5. 피해의식으로 구성되어 있다. 여기서는 김소운에 의해 표상된 '일본관'이

광복 후의 한국인의 '일본관'의 원형이 되어, 지금까지 우리에게 영향을 미치고 있다는 것을 밝힐 것이다. 그리고 그의 '일본관'은 한국과 한국인의 아이덴티티를 형성하는 데 적지 않은 영향을 끼쳤다는 것도 지적할 것이다.

제2부 나의 일본관은 제1장 병사의 노래와 현대 일본 비판과 제2장 보편적인 감정으로서의 인류애로 구성되어 있다. 제1장에서는 '병사의 노래'라는 작품에 관한 해석의 역사를 통해 '해석'이라는 행위가 얼마나 '정치적인 행위'인가를 밝힘과 동시에 간단하게나마 한일 양국의 우호 증진을 위한 필자의 제언을 담았다. 제2장에서도 한일의 문제는 보편적인 감정으로서의 인류애로 접근해야 함을 피력했다.

부록으로 문화형으로 바라본 한일비교문화를 두었다. '상황론의 한국문화'와 '원칙론의 일본문화'를 다룬 것이다. 짧은 글이기는 하지만 한일 간의 문화 차이를 앞으로 어떻게 바라볼 것인가에 대한 필자의 시론(試論)이다. 여건이 허락된다면 문화형(型)으로 한일문화를 논해보고 싶다.

끝으로 감사의 말을 전한다. 출판을 망설이는 필자에게 용기를 불어넣어 준 박문사의 윤석현 선생님과 꼼꼼하게 교정을 해준 편집부 여러분에게 고마움을 표한다. 가족에 대한 고마움도 잊을 수 없다. 일본인 아내(知子)를 둔 덕분에 우리 자신을 '낯설게' 볼 수 있기 때문이다. 딸아이(하나)를 얻은 덕분에 나 자신을 '낯설게' 볼 수 있기 때문이다.

1

한국인의
일본관

한국인의 일본관

제 1 장

'일본'이라는 거울을 통해 본 우리의 초상

: 열등의식, 우월의식, 피해의식

우리나라에서 출판된 '일본론' 혹은 '일본인론'은 그 수의 면에서는 결코 적지 않다. 이것을 노성환은 『젓가락 사이로 본 일본문화』(교보문고, 1997년 1월)에서 ① 적국으로서의 일본에 대한 연구, ② 한국사의 연장선상에서 보는 일본 연구, ③ 일본을 배우자는 시점에서의 일본 연구, ④ 순수하게 일본을 보자는 시점에서의 일본 연구로 나눈다.

『젓가락 사이로 본 일본문화』

그는 '적국으로서의 일본에 대한 연구'는 임진왜란과 정유재란, 그리고 더 나아가 그 이전으로까지 거슬러 올라갈 수 있다고 본다. 그 구체적인 예로 『해행총재』, 강항의 『간양록』 그리고 정약용의 연구를 든다.

'한국사의 연장선상에서 보는 일본 연구'는 문화전파론적인 관점에서 우리나라 문화가 일본에 끼친 영향을 중심적인 연구 테마로 삼은 것이라고 한다. 예를 들어 신장호의 『일본 속의 한국문화』(제이앤씨, 2005년), 김향수의 『일본은 한국이더라』(문학수첩, 1995년)와 같은 것이 그 전형이라고 한다.

'일본을 배우자는 시점에서의 일본 연구'는 바로 앞에서 살펴본 '한국사의 연장선상에서 보는 일본 연구'와 대립적인데, 이런 연구는 일본의 경제 성장에 주목하여 그 원동력을 규명하고자 하는 태도에서 비롯되었다고 한다. 예컨대 에즈라 보겔의 『Japan as NO.1』(1979년)과 같은 책이 있다고 한다. 그리고 이런 종류의 '일본론' 혹은 '일본인론'은 1990년대 이후 지금까지도 다수 간행되었다.[1] 이에 대한 반발에서 나온 것으로 노성환은 전여옥의 『일본은 없다』 시리즈를 든다.

'순수하게 일본을 보자는 시점에서의 일본 연구'는 루스 베네딕트의

『국화와 칼』의 영향에서 나왔다고 지적하면서, 그 예로써 이어령의 『축소지향의 일본인』(문학사상사, 2003년), 박준희의 『확대지향의 일본인』(대한교과서주식회사, 1988년), 김용운의 『한국인과 일본인 1-칼과 붓』(한길사, 1994년), 한준석의 『문의 문화와 무의 문화』(다나, 1991년)를 제시한다.

그런데 지금까지 살펴본 '일본론' 혹은

『한국인에게 일본은 무엇인가』

---

1 이런 일본(인)론은 최근에도 생산되고 있다. 예를 들어 신문사 기자인 선우정이 지은 『일본 일본인 일본의 힘-그들에게 무엇을 배울 것인가』(루비박스, 2009년 1월)가 있다.

'일본인론'에는 우리의 어떤 '의식'이 관류하고 있는 것은 아닐까?

정대균은 『한국인에게 일본은 무엇인가』에서 전후(戰後) 50주년에 해당하는 1995년에 일본의 요미우리(讀賣)신문사가 실시한 '아시아 7개국 여론조사'에 나타난 '일본인의 이미지'에 주목한다. 그는 한국을 제외한 나머지 나라의 경우는 일본인의 이미지로 '근면, 첨단기술, 유복, 예절바르다'와 같은 긍정적인 평가가 대부분을 차지했다고 한다. 반면에 한국의 경우는 일본인의 이미지로 '근면, 성실, 친절, 예절, 질서'와 같은 긍정적인 평가도 있는 한편, '식민지 지배, 제2차 세계대전, 간사, 야비, 잔인, 무섭다'와 같은 부정적인 평가도 함께 나왔다고 한다. 더욱이 이런 부정적인 평가가 상위를 차지했다고 하면서, 그 이유를 '역사적인 체험과 기억' 때문이라고 말한다. 그리고는

일본에 대한 한국인의 시각을 반일적이라고 표현하는 것은 완전한 잘못은 아니지만 일반화에 불과하다는 것이 내 대답이다. 한국인의 대일관에서 특징적인 점은 반일과 친일, 반발과 이끌림, 적의와 경의가 교차하는 양면성(ambivalence)이다.[2]고 지적한다.

정대균이 근거로 하는 데이터가 20여 년 전의 것이라 그것을 지금

---

2 정대균(저)·이경덕(역), 『한국인에게 일본은 무엇인가』, 강, 2000년 1월.
   김영명도 『일본의 빈곤』(미래사, 1994년 3월)에서 이런 양면성을 지적하면서 그 극복을 다음과 같이 역설하고 있다. "우리가 일본에 대해 갖고 있는 무조건적인 찬양과 무조건적인 증오의 자기분열을 극복함으로써만 가능하다. 일본에 대한 애증 콤플렉스를 극복해야 한다는 말이다."

시점에서 그대로 신뢰하기에는 다소 문제가 있을 수 있다. 하지만 한국인에게 일본인의 이미지로서 '긍정적인 이미지'와 '부정적인 이미지'가 '공존'하고 있다는 점은 지금도 크게 변화가 없다고 생각되는데, 독자 여러분은 어떻게 생각하는지 궁금하다.

한국인의 대일관에 대한 정대균의 지적, 즉 '한국인의 대일관에서 특징적인 점은 반일과 친일, 반발과 이끌림, 적의와 경의가 교차하는 양면성'이 있다는 것은 설득력이 있다. 이 지적은 달리 말하면 '한국인'의 일본관에는 '열등의식'과 '우월의식'이 있다는 것을 의미한다. (필

자가 '한국인'이나 '우리'라는 말을 사용할 때, 개개의 한국인을 전혀 고려하지 않겠다는 것은 물론 아니다. 개개의 한국인에게는 분명히 개인차가 있다. 다만 하나의 '주된 경향성'을 나타내는 의미로서 본서에서는 '한국인'이나 '우리'라는 용어를 사용하고 있다.) 그리고 이것들은 결국 콤플렉스에 기인한다고 생각된다.

이런 필자의 인식을 박규태도 공유하고 있다. 박규태는 『국화와 칼』에서

『국화와 칼』

우리 안에 농밀하게 스며있는 **일본 콤플렉스**(우월감과 열등감의 미묘한 조합)이야말로 항상 우리로 하여금 있는 그대로의 일본을 제대로 보지 못하게 방해하는 최대의 걸림돌이 아니겠는가? [3]

3 박규태, 『국화와칼』, 문예출판사, 2008년 2월.

라고 고백한다.

예를 들어 전여옥은 『일본은 없다 1』에서 다음과 같은 사례를 제시한다.

✔ 우리나라는 아직 멀었다고, 치사해도 일본밖에 우리가 배울 나라는 없다고, 일본을 미워하고 욕하는 것은 세계사적인 흐름을 모르는 일인 동시에 국제감각이 결여되어 있는 일인 양 말하는 일부 지식인도 있다.

✔ "내가 일본에 와서 산 지 20년 됐는데, 겪어보니 한국 사람들보다 일본 사람이 더 낫더군요. 애들은 평소 쩨쩨하게 굴어도 뭐 사람 속이거나 그런 일은 안 하거든요."

✔ "우린 꼭 일본에 20년 뒤져 있다고 보면 됩니다. 우리가 일본을 따라잡는다구요? 난 영원히 그런 일은 없을 것이라고 봅니다. 어림도 없는 일이지요." [4]

이런 사례는 일본에 대한 우리의 열등의식을 지적한 것이다. 그럼 이번에는 전여옥의 내면에 있는 일본(인)에 대한 열등의식의 일면을 살펴보자. 그는 같은 책에서 아래와 같이 회고한다.

일본 생활의 첫인상은 지하철 안의 사람들로부터 무너지기 시작했다. 살아

---

4 전여옥, 『일본은 없다 1』, 푸른숲, 2000년 3월. (초판 1993년 11월)

갈 준비를 하느라고 여기저기 지하철을 타고 돌아다니던 나는 문득 우리나라와 커다란 차이를 우연히 발견하게 되었다. 어느 날 오후 두서너 시쯤으로 기억되는데, (중략) 나를 빼고는 승객 모두가 눈을 감은 채 자고 있었다. 그 가운데 종점까지 갈 것처럼 입 벌리고 자는 사람부터 꾸벅꾸벅 졸고 있는 젊은 여자 등, 하여튼 모두들 졸거나 자고 있었다. 내가 한국에서 들었던 바로는 일본인들은 모두가 전차 안에서 더 많은 지식과 정보를 얻기 위하여 책을 읽는다고 했는데……

요컨대 이 인용문에서 알 수 있는 것은, 일본인은 한국인과 달리 지하철에서도 책을 읽는다고 들었는데 반드시 그렇지 않았다는 전여옥의 '놀람'이다.

우리가 가지고 있는 일본(인)에 대한 열등의식의 사례는 얼마든지 들 수 있다. 김현구(최근 정년 퇴직)는 『김현구 교수의 일본이야기』에서

대학강단에 선 지 벌써 10여 년이고 보니 일본 역사를 공부하겠다고 해서 일본에 유학을 보낸 학생들이 벌써 10여 명이다. 몇 년 전에 일본에 갔더니 한국에서 지도교수가 왔다고 해서 그 학생들이 한자리에 모였고 이런저런 이야기를 하다가 결국은 일본 사회에 대한 이야기가 화제에 올랐다. 그중 한 학생이 "밤 열두 시가 넘은 고요한 시간에 공부를 하고 있으면 간혹 1시가 넘었는데도 딸가닥딸가닥 하이힐 소리가 들립니다. 새벽 1시에도 여자 혼자 골목길을 걸어갈 수 있다는 사실이 일본 사회가 얼마나 안정되어 있는가를 잘 말해주는 것 같습니다." (중략) 결국 그날 모임에서는 일본에 대한 칭찬으로 보이더라도 흔히 일본의 장점이라고 하는 질서 의식과 사회안정 등에 대

해 과감히 말해줄 필요가 있다는 결론에 도달했다. [5]

고 말한다. 여기에는 한국 사회가 일본 사회보다 안전하지 못하다는 의식이 내면화되어 있는 것은 아닐까. 따라서 일본에서 빈번히 발생하는 '묻지 마 살인'과 같은 일본의 '토오리마(通り魔) 사건'이나 여자의 속옷을 훔치는 사건 같은 것은 전혀 시야에 들어오지 않는다.

『한국인과 일본인』4부작을 쓴 김용운은 일본에 대해 열등의식을 가졌다고 솔직히 고백한다. 일본에서 어린 시절을 보낸 그는,

『한국인과 일본인』

"왜 나는 조선인으로 태어난 것일까." 어렸을 때는 항상 이런 열등의식 속에서 벗어나지 못했다.[6]

고 말한다. 그러면서 같은 책에서

부끄러운 일이지만, 미국 생활을 통해 나는 한국인이라는 것에 대한 콤플렉스에서 겨우 벗어날 수 있었다. 국제적인 시야에서 보면 한국과 일본이 모두 같게 생각되는 것이다. 민족 문화는 거시적으로 보아야 한다는 생각을 갖게 된 것도 그 무렵의 일이다.

5 김현구, 『김현구 교수의 일본이야기』, 창비, 2004년 3월. (초판 1996년 3월)
6 김용운, 『한국인과 일본인』, 한길사, 1994년 8월.

고 술회한다.

한편 우리는 일본(인)에 대해 열등의식도 가지고 있지만 동시에 우월의식도 가지고 있다.

전여옥은 같은 책에서 아래와 같이 말한다.

✔ 일본과 우리의 청산되지 않은 과거를 우리가 덮어둔다면 그것은 역사에 대한 죄악이라고 (중략) 그리고 절대로 한두 푼의 이익에, 눈앞의 이익에 집착해 거짓에 가득 찬, 마음에도 없는 친선이니 우호는 버리고 한국인답게 아주 솔직하고 양심적으로 일본인들에게 요구할 것은 요구하라고

✔ 일본 생활의 첫인상은 지하철 안의 사람들로부터 무너지기 시작했다. 살아갈 준비를 하느라고 여기저기 지하철을 타고 돌아다니던 나는 문득 우리나라와 커다란 차이를 우연히 발견하게 되었다. 어느 날 오후 두서너 시쯤으로 기억되는데, 서른 명 남짓한 승객을 관찰하며 '야, 일본 여자들, 참 못생겼구나'하고 중얼거리고 있는 나를 확인했다.

첫 인용문에서 그는 일본인과 달리 한국인은 '솔직하고 양심적'이라고, 다음 인용문에서는 일본 여자보다 한국 여자가 예쁘다고 선언한다. 여기에는 '일반론'과 미(美)에 대한 '주관성'이 폭력적으로 행사되고 있다.

또한 우리가 가지고 있는 일본(인)에 대한 우월의식은 특히 일본문화를 언급할 때도 잘 드러나는데, 전여옥은 『일본은 없다 2』에서

왕실뿐 아니라 일본 국민들의 우상인 연예인, 운동선수, 예술가들의 족보를 캐어 보면 거의가 다 한국계이다. (중략) 일본인들은 일본 왕실이 백제계라는 사실을 알면서도 여전히 '천황 폐하 만세'를 부르고 '백제의 미소'를 흘리는 국보 1호에 경탄을 금하지 못한다. 일본이 그토록 한국에 대해 '미묘한 애증'을 나타내는 것은 **일본문화 자체가 한국문화의 복사판이기 때문이다.**[7]

고 지적한다. 그리고 이런 인식을 적지 않은 한국인이 공유하고 있다. 그런데 여기서 문제가 되는 것은, 예컨대 연예인이나 운동선수(예컨대 추성훈, 정대세, 이충성 등) 본인이 정작 어떤 아이덴티티를 가지고 있는지에 대해서는 전혀 묻지도 않는다는 것이다.

그 점에 대해 김현구는 같은 책에서 다음과 같이 언급한다.

중고등학교에서는 삼국 문화가 일본에 전파되는 국제관계에 대해서는 아무 설명도 하지 않고 삼국이 일본에 문화를 전해준 사실만 가르침으로써, 학생들이 일본을 객관적으로 이해하지 못하게 하고 **무조건적인 대일 우월의식만을 조장하는 결과를 가져왔다.**

---

7 전여옥, 『일본은 없다 2』, 지식공작소, 1995년 4월.

김완섭과 오선화

　김완섭은『친일파를 위한 변명』(문예춘추, 2002년 2월)에서 "일제시대는 우리에게 축복이었다"는 등의 주장을 한다. 또한 일본에 거주하면서 한국을 왜곡하고 비난하고 있는 인물 중에 다쿠쇼쿠(拓殖)대학교 교수인 오선화가 있다. 이들의 주장에는 어떤 정치적인 목적이 있는 듯한 느낌을 지울 수 없다. 그런데 왜 김완섭과 오선화와 같은 사람이 등장하는 것일까? 홍세화는『생각의 좌표』(한겨레출판, 2009년 11월)에서 북한의 실상을 알게 되었을 때의 우리의 변화 가운데 저급한 변화를 예시한다. "한국현대사 관련 책을 읽고 일제 부역 세력 청산과 대미관계 등에서 북한이 남한의 역대 정권과 달랐다는 점을 알게 되면서 북한에 대한 시각을 반전시킨다. 문제는 거기서 멈춘다는 데 있다. 남한의 지배세력에 의한 반북의식화가 지극히 낮은 수준에서 관철되듯이 반전을 통한 북한에 대한 시각도 낮은 수준에 머물러 종북의식으로 급반전시키는 경우를 보게 된다." 이와 같은 '저급한 변화'가 일본에 대한 실상을 알게 되었을 때도 나타나는 것이 아닐까. 즉 김현구의 주장처럼 혹시 "무조건적인 대일 우월의식만을 조장한 결과", 그 반작용으로 김완섭과 오선화와 같은 부류의 사람들이 등장하게 된 것은 아닐까.

그런데 우리에게는 일본(인)에 대한 열등의식이나 우월의식만 있는 것이 아니다. 전여옥은 『일본은 없다 1』에서

실제로 우리나라 여성의 지위에 가장 악영향을 끼친 것은 일제 36년이었다. 조선시대까지 우리나라 부부는 서로 존댓말을 썼으며 남편도 부인을 깍듯이 공대하였다. 그러나 일본 식민지 시대에 부인을 자신의 소유물 다루 듯 홀대하는 일본문화의 영향으로 우리나라 여성의 지위가 한층 낮아졌다는 것은 상당한 호소력을 갖는다고 생각한다.

고 말하면서, 일제 36년 동안에 들어온 일본문화의 영향으로 우리나라 여성의 지위가 낮아졌다고 지적한다. 그러나 이런 주장을 하기 위해서는 명확한 역사적 사실과 근거가 필요한데, 거기에 대한 언급은 전혀 없다. 따라서 전여옥의 주장은 깊고 강렬하게 각인된 '식민지 체험'에 의한 '피해의식'에서 비롯된 것이라는 의심을 받을 수 있다. 그리고 이런 추정은 전여옥이 일본 체재 중에 어떤 사고를 당해 병원에서 겪었다는 일화를 통해서도 확인할 수 있다.

병원에 있으니 경찰에서 사람이 와서 조사를 해야겠다고 했다. 어느 정도 회복이 되어 말을 할 수 있었지만 나는 스스로 '한국인이기 때문에' 하는 지독한 피해의식이 앞섰다.

김현구의 사례도 일본(인)에게 갖고 있는 우리의 피해의식을 잘 보여 준다. 그는 같은 책에서 다음과 같이 적고 있다.

황영조가 일본 선수와 선두그룹을 형성하고 달리다가 마침내 스퍼트를 하기 시작했는데 (중략) 뒤를 따라오는 선수는 괜찮겠지만 선도차를 바로 뒤에서 따라가는 황영조가 매연 때문에 기록이 떨어지지나 않을까 하는 걱정이 들었기 때문이다. (중략) 그러자 현지에서 중계를 하던 아나운서인가 해설자인가, 심판원이 탄 선도차에서 내뿜는 매연 때문에 황영조 선수의 기록이 나쁘다고 하는 것이다.

그러나 나중에 알게 된 사실이지만 그날 마라톤 대회에서는 최신형 전기 자동차가 사용되었기에 매연이 나올 리가 없었다는 것이다.

선우정도 자신의 책인 『일본 일본인 일본의 힘─그들에게 무엇을 배울 것인가』에서 2007년도판 『세계의 일본인 조크집』을 인용하고 있는데, 여기에는 일본에 대한 한국인의 피해의식을 엿볼 수 있는 대목이 있다. 좀 길지만 인용한다.

레스토랑에서 나온 수프에 파리가 들어간 것을 발견했을 때 각국 사람들의 반응이다. (중략) 프랑스인. 파리를 숟가락으로 으깨서 국물을 우려낸 뒤 먹는다. 중국인. 그냥 먹는다. 영국인. 숟가락을 놓고 야유를 퍼부으면서 레스토랑을 나간다. (중략) 미국인. 종업원을 부르고 주방장을 부르고 지배인을 부른 뒤 결국 소송을 건다. (중략) 일본인. 주위를 둘러보고 자신의 수프에만 파리가 빠진 것을 확인한 뒤 살짝 종업원을 부른다. 한국인. "파리가 빠진 것은 일본 탓"이라고 외치면서 일장기를 불태운다.[8]

---

8 선우정, 『일본 일본인 일본의 힘─그들에게 무엇을 배울 것인가』, 루비박스, 2009년 1월.

박유하도 『누가 일본을 왜곡하는가』(개정판 『반일 민족주의를 넘어서』)에서 일본(인)에 대한 우리의 피해의식을 언급한다. 그리고는 그 문제점도 지적한다.

『반일 민족주의를 넘어서』

최근에 이근안이 자수했을 때도, 이근안이 사용한 고문에 대해 이야기하면서 전부 '일제에게서 배운 것'이라는 말이 어김없이 나왔다. 마치 일제가 가르치지 않았다면 한국에는 그러한 고문이 없었을 거라는 것처럼. 하지만 한국에도 방법은 다를지언정 갖가지 끔찍한 고문은 있었다. 이렇게, 나쁜 사항은 '일본' 탓으로 돌리고 싶어하는 것이 여전히 우리의 의식이다. 그 이전과 그 이후의 모습에는 눈을 감은 채로.[9]

이근안 사건

1970년대 경찰 생활을 시작한 그는 고문 기술자로 악명을 떨쳤다. 전 보건복지부 장관 김근태(2011년 작고)를 고문했던 것으로도 잘 알려져 있다. 12년 동안 잠적 생활을 하다가 1999년 경찰에 자수했고, 2000년에 복역을 시작해 지난 2006년에 만기 출소했다.

그의 지적에는 부분적으로 공감하는 부분도 없지는 않다. 하지만 그

9 박유하, 『누가 일본을 왜곡하는가』, 사회평론, 2002년 4월. (초판 2000년 8월)

의 저서인 『누가 일본을 왜곡하는가』에는 기본적으로 동의하기 힘든 부분도 적지 않다.

여하튼 지금까지 검토해 본 것처럼 우리의 일본관에는 '식민지 체험'이 강하게 각인되어 있었다. 그리고 그것에 의해 생성된 열등의식과 우월의식 및 피해의식의 복합작용에 의해 우리의 일본관은 만들어졌다고 판단된다.

얼마 전에 경기도 의왕시가 '의왕'의 한자인 '儀旺'을 '義王'이라고 고쳤다. 일제 잔재를 청산하기 위해서라고 한다. 즉 '의왕'은 애초 조선시대 행정구역인 광주부 의곡(義谷)면과 왕륜(王倫)면의 머리글자를 딴 것인데, 1914년 조선총독부가 행정구역을 개편하면서 의곡면과 왕륜면을 합쳐 '수원군 의왕면'으로 바꿨다고 한다. 이때 총독부는 의롭다는 뜻의 '義'자를 '거동 의(儀)'자로 바꾸고, 왕(王)자 옆에 일본을 상징하는 '일(日)'자를 붙여 민족정기를 훼손하려 했다는 것이 의왕시의 설명이다.[10]

그런데 이 기사가 나간 후, 은평두레생협 이사장인 홍기원이라는 사람이 '의왕시 한자표기 변경 중단해야'라는 글을 같은 신문사에 발표했다. 그의 결론은 본래 '義王'이었는데 일제가 왜곡했다는 의왕시의 주장은 역사적 근거도 없으며, 그렇게 주장하는 것은 애국주의가 아니라 역사적 근거를 무시한 국수주의에 지나지 않다는 것이다. 이하 좀 길지만 그가 근거로 내세우는 부분을 인용한다.

---

10 한겨레신문, 2007년 1월 24일 자.

김정호 선생이 <대동여지도>를 목각하는 데 기초가 된 필사본 <동여도>에 보면 광주부 의곡(義谷)면과 왕륜(旺倫)면으로 표기되어 있다. 그리고 대동여지도 자매편인 '대동지지'에 보면 '의곡(義谷): 서남쪽으로 처음이 40리, 끝이 60리에 있다' '왕륜(旺倫): 서남쪽으로 처음이 60리, 끝이 70리에 있다'고 설명되어 있다. (중략) 김정호 선생의 <동여도>와 <대동지지>에는 의(義)와 왕(旺)으로 표기되어 있다. 동여도와 대동지지만으로 볼 때 '義'자에 대한 표기는 의왕시 주장이 맞지만, '旺'에 대한 주장은 틀린다. 일제가 '王'에 일본을 상징하는 '日'을 넣어 '旺'자를 만들었다는 주장은 허구임이 동여도와 대동지지만 보아도 증명된다. 또한 '1872년 지방지도' 중 '경기도 편 광주전도'에는 광주부 의곡(儀谷)으로 표기되어 있다. 의왕시가 주장하는 '義'자 주장도 역사적 근거가 미약하게 된 셈이다. 김정호 선생은 옳을 의(義)자로 썼는데 왜 '1872년 지방지도'에서는 예의 의(儀)자로 썼는지에 대한 문제는 역사적으로 해명이 되어야 할 부분이다.[11]

그렇다면 '의왕'의 지명에 대한 논의는 원점부터 다시 생각해 봐야 하지 않을까?

현대 한국인의 일본관과 피해의식

하우봉은 『한국과 일본 — 상호인식의 역사와 미래』(살림, 2005년 7월)에서 현대 한국인의 일본관의 역사를 제1기 1945년~1965년, 제2기 1965년

---

[11] 한겨레신문, 2007년 2월 6일 자.

~1989년, 제3기 1990년~현재까지로 구분한다. 그리고 제3기에 들어 일본에 대한 관심도 역사문제, 경제, 문화 등으로 다양화되었다고 한다. 또한 식민지 시대를 경험하지 않은 '전후세대'가 사회의 주도 세력으로 바뀌면서 한국은 일본에 대한 선험적인 편견과 피해의식에서 자유로워졌다고 말한다. 하지만 필자가 보기에 우리는 아직도 편견과 피해의식에서 정말로 자유로워지지는 못한 것 같다.

일제강점기에 민족정기를 훼손할 목적으로 이루어진 것들은 일제 잔재를 청산하고 민족정기를 바로 세운다는 의미에서 바로잡아야 마땅하다. 그렇지만 그런 작업은 반드시 과학적이고 치밀한 역사적 고증 하에 이루어져야 한다. 그렇지 않으면 애초의 취지와는 다르게 도리어 우리가 일본에 대해 가지고 있는 피해의식만 부각시키는 결과를 초래할 수도 있다.

⁂

이 책의 목표는 일본에 대한 우리의 '의식'을 '사례'를 중심으로 살펴보는 데 있다. 그렇다고는 하지만 본서에서는 우리나라에서 발표된 '일본(인)론'을 역사적으로 전부 검토하지도 않았고, 1990년대~2000년대 초에 출간된, 그것도 몇몇 '주요' 저서에 한정했다. 여기서 '주요' 저서란 '지금' 우리가 가지고 있는 일본에 대한 '우리의 의식'이 비교적 명확히 드러난 책을 가리킨다. 예를 들어 여기에는 전여옥과 같은 언론인 겸 정치인과 김현구와 같은 역사학자의 책 등이 포함되어 있다. (사족이지만 한마디 하고 싶다. 졸저에서는 전여옥이나 김현구 등의 저서를 적지 않게 인용할 것이다. 이들 저서가 현시점에서도 유효한 고전이기 때문이 아니다. 다만 그들이 예시했던 사례가 현시점에서도 유효하기 때문이다.)

결국 본서에서 검토할 책이 필자의 주관성에 의해 선정됐을 가능성은 충분히 있다. 하지만 중요한 것은 이들 저서에 나타난 일본에 대한 우리의 '의식'에 독자들이 얼마나 공감하는가, 그렇지 않은가에 있다고 본다. 그리고 이들 저서에 대한 필자의 비판에 독자가 얼마나 동의하는가에 있다고 본다.

1. 일본 여자는 서양 남자를 좋아한다

우리가 가지고 있는 일본 여자에 대한 이미지는 어떤 것일까? 아마도 앞으로 인용할 전여옥, 김현구, 찐원쉐·찐밍쉐가 피력하고 있는 일본 여자관과 크게 다르지 않을 것이다.

먼저 전여옥이 드는 사례를 살펴보자. 그는 『일본은 없다 1』에서 다음과 같이 지적한다.

『일본은 없다 1』

✓ 가령 시모다의 '구로후네(黑船)'의 개항에 따른 시대변화를 다룬 '오기치 이야기'도 그렇다. 불과 열다섯 살도 되지 않은 오기치가 거의 할아버지뻘이나 되는 서양인 선장의 현지처 비슷한 여인이 되었다가 실컷 재미보고 떠난 그가 돌아오지 않자 자살해버린 바로 '오기치 이야기'이다. 그 이야기는 누가 듣고 보아도 그저 일본 여자를 데리고 즐긴

서양 남자와 농락당한 가엾은 일본 여자의 이야기이다. 물론 나이를 갖고 말할 것은 없지만 늙은 서양 남자와 어린 일본 아가씨 사이에 과연 대등한 인간관계가 성립되고 사랑이 싹틀 수 있었을까? (중략) 서양 남자에게 이용당하고 농락당한 것을 '사랑'으로 미화시켜주는 나라에서 꺼릴 것이 무엇이겠는가 하면서 수많은 여성들이 부나비처럼 외국 남자들에게 몰려든다. 아예 그런 여성들의 등에 얹혀서 놀고 지내는 것은 물론 용돈에서부터 한밑천까지 단단히 챙기는 서양 남성들이 부지기수다.

✓ 서양의 남자들에게 일본은 확실히 천국이다. 일본의 어느 회사에 근무하는 영국 여자는 일본에 있는 서양인 상사와 일본인 부하 여직원의 관계는 대부분 갈 데까지 다 간 경우가 99퍼센트라고 잘라 말해서 나를 놀라게 했다. 세계 어느 곳을 가더라도 섹스의 배설구를 찾는 서양 남성들에게 일본 여자보다 더 이상적이고 간편하면서 마음 편한 배설구는 없다고 단언한다. 서양 남자와 사귄다는 것 자체만으로 가슴 뿌듯한 긍지를 가지는 일본 여성도 있을 정도다. (중략) 주인이 발길질을 해 내몰아도 낑낑거리는 강아지처럼 일본 여성은 한번 서양 남자에게 붙으면 떨어지지 않는다고 당당하게 떠벌리는 어느 지지리도 못생긴 서양 남자를 바라보며 나는 '부나비'가 된 그 가엾은 일본 여성들을 같은 **동양 여성**으로서 원망할 수밖에 없었다.

결국 여기서 전여옥은 서양 남자를 너무 좋아하는 일본 여자를 같은 '동양 여성'으로 원망하고 있다. 다시 말해서 그는 '서양=남자'와

'동양=여자'라는 오리엔탈리즘적 시점에서 일본 여자를 바라보고 있는 것이다.

'전여옥 표절' 명예훼손 항소심 승소한 유재순 씨

24년 전 일본으로 건너가 르포 전문작가로 활동했던 유재순은 취재 원고를 당시 친하게 지냈던 '한국방송' 동경특파원이던 전여옥 의원에게 빌려주었는데, 그 내용이 자신의 허락없이 고스란히 『일본은 없다』에 수록되었다고 2004년 7월 '오마이뉴스' 인터뷰에서 주장했다. 이에 대해 전여옥은 유재순과 '오마이뉴스'를 상대로 명예훼손 소송을 냈는데, 결국 전여옥의 패소로 끝났다. 재판부는 판결문에서 "전 의원은 재일작가 유씨와 친하게 지내던 중 유씨가 일본에 관한 책을 출판할 예정이라는 사정을 알면서도 유씨에게 전해들은 취재 내용, 소재 및 아이디어 등을 무단으로 사용하거나 이를 인용해 책의 일부를 썼다고 볼 수 있다"고 밝혔다. 유재순은 "그동안 마음고생이 많았다. 정신적, 금전적 피해가 이만저만이 아니다"라며 전 의원을 상대로 손해배상소송을 제기할지 여부를 조만간 결정하겠다고 한다. 좀 더 자세한 내용은 한겨레신문 2010년 1월 14일 자 참조.

이런 오리엔탈리즘적 시점은 김현구의 사례에서도 확인할 수 있다. 그는 『김현구 교수의 일본이야기』에서 그의 서양 친구인 그리스인이 겪은 일화를 아래와 같이 소개한다.

어제 저녁에 그 아가씨(그리스인 친구가 알고 지내던 일본 여자, 인용자)가 면회를 왔기에 자기 방에 데리고 들어가서 이런저런 이야기를 하다가 그 아가씨가 잠깐 나간 사이에 그 아가씨의 핸드백을 뒤져봤더니 비누, 수건, 가운 등 완전히 자고 갈 준비를 해 왔더라는 것이다. 아, 이 아가씨가 나를 좋아해서 자고 가려고 왔나 보다 해서 동침을 하려고 했더니 의외로 완강하게 거절하더라고 했다. 그러나 이미 거기까지 갔기 때문에 강제로 동침을 하려고 했더니 그 아가씨가 자살을 하겠다고 4층에서 뛰어내리려고 해서 달래느라고 한숨도 못 자고 혼이 났다는 것이었다. 겨우 달래서 새벽에 집에 데려다 주고 오는 길이라고 했다. 그러고는 "동침도 하지 않으려면 왜 잘 준비를

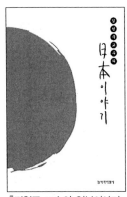

하고 왔지?" 하며 "일본 여자들은 이상해"를 연발하는 것이었다. 그래도 마지막으로 그 여자가 **동양 사람의 쥐꼬리만한 자존심**은 살려줬다는 생각과 함께 (중략) 지금도 그때 일을 떠올리니 문득 94년에 노벨문학상을 수상한 오오에 켄자부로오가 "일본은 아시아에 있으면서 서양을 지향한다"고 한 말이 생각난다.

『김현구 교수의 일본이야기』

위의 예에서도 전여옥의 사례와 같이 일본 여자는 서양 남자를 무척 좋아한다고 그려져 있다. 그리고 서양 남자의 예상과 달리 전혀 동침할 생각이 없었던 일본 여자를 '동양 사람의 쥐꼬리만 한 자존심'을 지킨 여자라고 추켜세우고 있다.

또한 중국인인 찐원쒜 · 찐밍쒜는 『일본문화의 수수께끼』[1]에서 포

르노그라피와 같은 서술로 일본 여성을 그
리고 있다.

『일본문화의 수수께끼』

    일본 여자는 간드러질 만큼 상냥하고 친절
하고 애교가 넘치기로 세계적으로 유명하다.
그런 일본 여자들은 특히 외국 남자라면 오금을
못 펼 정도로 약하다. 일본 국내에서나 해외에 나
가서나 외국 남자에 약한 일본 아가씨들은 스스
로 외국 남자의 포로가 된다. (중략) 국내에서도 일본 아가씨들은 외국 남자를
찾아 헤맨다. 요코스카(橫須賀)의 미국 병사들은 휴일마다 아카사카(赤坂)나 롯
폰기(六本木)에 한잔씩 걸치러 간다. 돈이 없어도 일단 디스코테크 앞에서
서 있기만 하면 척척 달라붙는 아가씨들. 더듬거리는 일본어로 "춤을 추고
싶은데 지갑을 잃어버려서…" 하면 아가씨 3명에 1명쯤은 미국 병사를 위
해 돈을 내준다. "제가 낼 테니까 같이 들어가요!" 사이좋게 춤을 춘 뒤 그대
로 아가씨의 아파트나 러브호텔로 직행한다. 흑인이 더 인기인데 춤도 잘
추고 힘도 세다나. 흑인 병사를 찾아 미군 주둔지인 요코스카로 이사 간
아가씨가 많다는 얘기가 있는 걸 보면 여러모로 거짓말은 아닌 모양이다.[2]

이들의 말과 같이 만약 일본 여자가 서양 남자를 유독 좋아한다고
한다면(물론 필자는 그렇게 생각하지 않지만) 그 이유는 무엇일까? 그

---

1 이 책을 이어령 선생이 추천했다고 하는데, 정말 이어령 선생이 추천했는지 의심스럽다.
2 찐원쉐 · 찐밍쉐, 『일본문화의 수수께끼』, 우석, 1998년 11월.

것에 대해 전여옥은 『일본은 없다 1』에서 일본 사회의 스트레스를 그 원인으로 지목한다.

왜 수많은 일본 여자들이 일본 남자 아닌 서양 남자를 쫓아다니고 결혼을 하는 것일까? 나는 일본 사회가 남성은 물론이지만 여성에게 주는 스트레스가 생각보다 훨씬 심각하기 때문이라고 결론지었다. 전통 있는 남존여비의 사회가 바로 일본이다. 일본 여성들은 남성 중심의 일본 사회로부터 끊임없는 무언의 압력을 받고 살아간다. 일본 여자들은 회사모임에서 하고 싶지도 않은 남자들에게 맥주를 따라야 하고 미즈와리(水割り, 물에 탄 위스키)를 만들어 바쳐야 하며 결혼을 하면 남편이 말하지 않아도 밥상을 차려주고 입혀주고 벗겨줘야 한다. (중략) 분명히 음식점의 종업원도 술집의 호스티스도 아닌데 일본 여성이라면 당연히 그렇게 해야 했다. 뿐만 아니라 사회로부터 끊임없이 '고분고분한 여자' 또는 '여성다운 여자' 그리고 '귀여운 여자'의 몸짓을 강요받는다.

일본의 음주문화

일본사람들은 술을 마실 때, 보통 '먼저 맥주부터(とりあえずビール)'라고 하면서 우선 맥주를 주문한다. 맥주를 한 잔 하고 난 후, 각자 자신들이 좋아하는 술을 찾는다. 그러다보니 어떤 사람은 맥주에서 위스키, 그리고 정종과 같은 식으로 술을 '짬뽕'하게 된다. 이렇게 술을 마신 후, 파하기 전에 식사를 주문하곤 한다. 일반적으로는 식사와 술을 같이 하지 않는다. 술을 따르는 문화도 흥미롭다. 상대방의 술잔이 어느 정도

비면 옆에 있는 사람이 눈치껏 따라 주어야 한다. 또한 그 모임에서 만약 여성이 있다면 그는 특히 상대방의 술잔에 신경을 써야 한다. 제때 술을 첨잔하지 못하면 눈치 없는 사람으로 여겨지기 때문이다. 술자리에서는 여성이 연장자라고 해서 술을 따르지 않는다는 법은 없다. 이와 같은 일본의 음주 문화가 어떻게 생성되었는지, 그 의미는 무엇인지 등을 묻는 것은 문화 연구의 영역에 들어간다.

또한 김현구는 같은 책에서 그 원인으로 서양인에 대한 일본인의 열등의식을 꼽고 있다.

내가 유학 초기에 있던 코마바 유학생회관에는 서양 친구들이 꽤 있었다. (중략) 서양에서 온 학생들은 별 볼일이 없는 친구들로 돌아가서 무엇을 할까 하고 취직걱정을 하는 사람들이 대부분이었다. (중략) 서양 학생들은 일본 유학을 잘 하려고 하지 않아서 일본 정부가 그들을 유치하려고 애를 먹고 있었으므로 서양 학생들 중에는 적당히 놀러오는 친구들이 적지 않았다. 그런데 그 서양 친구들이 일본 아가씨들에게 대단히 인기가 있는 것이었다. 일본인들이 서양인들에게 배워서 근대화를 이룩했고[3] 체격적으로도 열등의식을 가지고 있기 때문에 오늘날 경제적으로는 서양을 압도하고 있지만 그들에 대한 동경심이 강하기 때문이다.

---

3 앞뒤가 잘 이어지지 않는다. 예를 들어 '~ 이룩했다. 하지만'처럼 이어지면 자연스럽다.

사실 필자도 일본에 있을 때, "백인은 맨몸으로 일본에 와도 의식주가 해결된다."라는 소리를 들은 적이 있다. 또한 영어를 배우기 위해서는 영어권 남자 친구와 사귀는 것이 최고라는 소리도 들었다.

필자의 견해로는 만약 일본 여자가 서양 남자를 좋아한다고 한다면 거기에는 여러 가지 이유가 있을 수 있을 것이다. 이에 대해 필자는 다음과 같이 추정한다. 첫째, 일본 여자가 외국 브랜드 가운데 특히 '루이 비통'을 좋아한다는 것은 비교적 잘 알려진 사실이다. 그런 '브랜드'처럼 서양 남자를 생각한다는 것이다. '루이 비통'을 가지고 거리를 활보하듯이, 서양 남자를 데리고 거리를 거닌다는 말이다. 즉 여기에는 남의 시선을 의식하는 의식이 담겨 있는 것이다. 둘째, 역시 뭐니 뭐니 해도 일본의 '패전 경험'을 무시할 수 없을 것이다. 왜냐하면 일본 역사에서 그들을 직접 점령한 것은 미국으로 대표되는 서양인이기 때문이다.

그런데 분명히 말해 두고 싶은 것은 본서에서 일본 여자가 서양 남자를 좋아하는 이유를 밝히는 데 관심이 있는 것이 아니다. 오히려 왜 우리는 '일본 여자는 서양 남자를 좋아한다'는 것에 그렇게 민감한가에 있다.

앞에서 인용한 김현구의 사례에 대해 그의 일본인 친구는 서양 사람에 대한 호기심에서 생겨난 에피소드라고 말한다. 다음 인용문을 보자.

동침하지 않으려면 왜 잘 준비를 하고 왔는지 나도 이해가 안돼서 그날 학교에 가서 대학원 친구에게 자초지종을 이야기한 다음에 어떻게 된 일이냐고 물어보았다. 그랬더니 그 친구 대답이 "친구 집에 가서 하루 저녁 자는 것이 어떠냐. 서양 친구니까 호기심이 생겨서 한번 가본 것을 가지고 꼭 남녀관계의 일로만 생각하는 그 사람이 더 이상하다"는 것이었다. 결국 서양 사람에 대한 호기심 때문에 일어난 단순사고였다는 이야기다.

결국 '일본 여자는 서양 남자를 좋아한다'고 지적하는 우리 의식에는, 일본인보다 우리가 도덕적으로(특히 정조 관념에서) 우월하다는 의식이 있는 것이 아닐까? 또한 '서양 친구니까 호기심이 생겨서 한번 가본 것을 가지고 꼭 남녀관계의 일로만 생각하는 그 사람이 더 이상하다'라는 지적에서도 나타나듯이, 우리 의식에는 남성중심적인 사고가 뿌리 깊게 박혀 있는 것이 아닐까.

일본(인)에 대한 우리의 언급을 통해 우리의 열등의식, 우월의식, 피해의식을 엿보는 필자의 접근법은 이하의 내용에서도 그대로 적용되는데, 그것이 결코 황당한 억지 주장이 아니라는 것을 이원복은 잘 보여준다. 그는『새 먼나라 이웃나라－일본·일본인편』)에서

『새 먼나라 이웃나라
－일본·일본인편』

> ✓ 친절하고 인사성 바르고 매너 좋고 상대방에 대한 예절과 배려가 넘치는 일본 사회는 전세계의 1등 국가임에 분명해. 여기에 비해 무뚝뚝하고 불친절하며 인사도 잘하지 않는 한국인은 에티켓 운동을 벌여야 할 정도로 '거친' 민족이라는 비판을 받기도 하지.

✓ 일본 사회가 '자신의 분수'를 너무도 잘 알고 있는 국민들로 인해 서로가 남에게 폐를 끼치지 않고 자신의 영역을 분명히 지키는 가운데 완벽에 가까운 질서와 자유를 누리고 있고 필요할 때는 지도자의 요구에 따라 순식간에 단결, 무서운 힘을 발휘하는데 비해 국민 모두가 스스로 왕처럼 생각하는 자존심 세고 거칠기까지 한 한국 국민은 남에 대한 배려가 희박하고 질서 의식이 강하지 않아서 국가가 필요로 할 때 국민의 힘을 한뜻으로 모으는 데 어려움이 크기도 하지.[4]

라고 지적한다.

전여옥과 유재순 그리고 『일본은 없다』

바로 앞에서 살펴보았듯이 한겨레신문사의 기사를 참조하면, 전여옥이 『일본은 없다』를 집필할 때, 유재순의 아이디어와 그가 취재한 사례를 유재순의 허락 없이 사용한 것은 사실인 것 같다. 그렇다면 『일본은 없다』에 보이는 일본(인)에 대한 '인식'은 유재순의 '인식'인가, 전여옥의 '인식'인가? 결론부터 말하면 그것은 유재순의 '인식'이기도 하고 전여옥의 '인식'이기도 하다. 곧 전여옥이 유재순의 인식을 '공유'했기에 유재순의 '인식'을 차용했던 것이다. 오히려 여기서 주목해야 하는 것은, 『일본은 없다』에서 보이는 일본에 대한 '인식'이 그만큼 우리 사회에서 폭넓은 지지를 받고 있다는 것이 아닐까.

---

4 이원복, 『새 먼나라 이웃나라-일본·일본인편』, 김영사, 2000년 1월.

2. 일본인은 차갑다

일본인에 대해 우리가 가지고 있는 선입관 가운데, '일본인은 차갑다'는 이미지가 있다. 예를 들어 선우정은 『일본 일본인 일본의 힘-그들에게 무엇을 배울 것인가』에서 다음과 같이 말한다.

『일본 일본인 일본의 힘』

일본에선 사망한 노인이 살던 집을 전문적으로 터는 도둑놈들이 기승을 부린다. 손을 벌리는 자식들과 절연하고 다다미 밑에, 장롱 서랍 뒤에 아무도 모르게 거액을 감추어둔 채 쓸쓸히 눈을 감는 노인들이 많은 까닭이다. 정이 없다고 할까, 이기적이라고 할까, 아니면 당연하다고 할까, 여하튼 일본 부모가 한국 부모보다 자식에게 까칠한 것은 분명해 보인다.[5]

그런데 우리는 왜 이와 같은 일본인의 이미지를 가지게 되었을까? 이것에는 일본의 '더치페이(와리깡)' 문화가 깊이 관여되어 있는 것 같다.

전여옥은 『일본은 없다 1』에서

'받기도 싫고 주기도 싫다'는 일본인의 정신이 잘 나타나 있는 제도가 바로

---

5 선우정, 『일본 일본인 일본의 힘-그들에게 무엇을 배울 것인가』, 루비박스, 2009년 1월.

와리깡이다. 우리 귀에도 익숙한 말이지만 일본인의 와리깡은 정말로 에누

리가 없다. 일본에 가서 얼마 되지 않아 나는 잘 아는 친구의 소개로 우리식

으로 말하면 일종의 그룹 스터디인 그네들의 '벤쿄가이(勉強会)'에 들어가게

되었다. 유난히 더운 여름날이어서 모임이 끝나고 맥주 '한고푸'를 하자는

데 의견이 모아져 가까운 술집으로 향했다. (중략) 대충 파장할 시간이 되자

모임의 간사가 영수증을 들고 전자계산기를 꺼내 두드리기 시작했다. (중략)

한 사람 앞에 2천 엔씩 내면 된다고 했다. (중략) 간사 역할을 맡은 그는

다시 자리에 돌아오더니 한 사람 앞에 55엔씩 나눠주었다. 440엔이 남아

8명분으로 나눴다는 것이었다. (중략) 한마디로 남한테 손해를 끼치기도 싫고

나 역시 손해를 볼 수 없다는 철저한 상도의에 입각해 철저히 계산하면서 살아

가고 있다.

고 말한다.

일본의 '더치페이(와리깡)' 문화에 대한 전여옥의 이해가 올바른가

그렇지 않은가와는 별도로, 일본의 그 문화가 우리의 '더치페이(각자 부

담)' 문화와 다른 것은 확실하다.

김현구도 『김현구 교수의 일본이야기』에서 아래와 같은 경험을 했

다고 전해 준다.

누구나 마찬가지겠지만 일본에 도착하자 먼저 대학원에서 같이 공부하게

될 일본 친구들과 빨리 사귀어야겠다는 생각이 들었다. 그들도 한국에서

온 유학생에 대해 궁금한 게 있었던지 어느 날 같이 공부하는 친구 하나가

술 한잔 같이 하지 않겠느냐고 권하는 것이었다. 그날은 마침 돈이 별로

없어 약간 걱정이 안 된 것은 아니지만 그 친구가 가자고 권했으니까 돈이 좀 모자라더라도 그 친구가 어떻게 해결을 하겠지 생각하고 별 부담 없이 따라나섰다. (중략) 그런데 술을 다 마시고 그 친구가 일어나서 계산대가 있는 곳으로 걸어가기에 '술값을 자기가 내려는가 보구나. 다음에는 내가 한 잔 사야지'하고 생각하고 있는데, 계산서를 들여다보던 그 친구가 얼마라고 하면서 반에 해당하는 돈만을 꺼내들고서는 나를 빤히 쳐다보는 폼이 나보고 반을 내라는 표정 같았다.

필자에게도 김현구가 경험한 것과 같은 에피소드가 있다. 일본에서 유학했을 때의 일이다. 일본에 도착한 지 1주일도 안 되었던 어느 날이었다. 평소와 같이 연구실에서 세미나 발표를 준비하고 있었다. 마침 점심시간이었는데, 그때 지도교수가 같이 점심 식사를 하자고 했다. '지도교수님이 점심을 사 주시나 보다!' 하고 속으로 생각했다. 그런데 식사가 끝난 후, 계산대로 가신 지도교수님이 당신의 식사비만 지불하는 것이 아닌가? 좀 놀랐다! 그리고 일본에서 유학했던 기간 내내 이런 경험은 적지 않았다. 좀 심하다는 느낌이 들었던 것은, 일본인 연인끼리도 '각자 부담'은 아주 일반적이었다는 것이다.

이런 일본의 '더치페이(와리깡)' 문화에 대해 김현구는 같은 책에서 다음과 같이 처음에는 부정적으로 평가했다고 한다.

✔ 외국에서 온 친구한테 술 한잔 하자고 권해놓고서는 자기가 계산을 하기는커녕 마지막 계산하면서 나를 힐끔 돌아보던 그 친구의 얼굴표정이 돈도 없는 주제에 왜 술을 먹으려고 따라나섰느냐고 말하는 것 같아서

돌아오면서 영 불쾌하고 뒷맛이 개운치 않았다. 기숙사에 돌아와서 한
국 친구들에게 그 이야기를 했더니 여기 저기서 자기들도 그런 일을
당했다고 하면서 어떤 **친구는 일본놈들이 쩨쩨**해서 그렇다고 하고 어떤
친구는 일본 사람들이 경우가 밝아서 그렇다는 등 해석이 구구했다.

✓ 어디, 꾼 돈 천 엔을 돌려주면 받는가 봐야겠다고 오기가 생겨서 그
이튿날 학교에 가자마자 어제 미안했다고 하면서 천 엔을 내밀었다.
그랬더니 그 친구는 괜찮다고 하면서 언제 그런 일이 있었느냐는 듯이
천연덕스럽게 돈을 받아서 주머니에 넣는 것이었다. (중략) 울화가 치
밀어올라 '이런 녀석들과는 다시는 상종을 말아야지'하고 마음속으로 다
짐을 했다.

이와 같은 일본인의 '더치페이(와리깡)' 문화에 대해 전여옥은 같은
책에서 자신의 경험담을 소개하면서 일본인에게 절망감마저 느낀다.

기사관계로 신세를 많이 질 것 같아 나는 한 여기자를 점심에 청했다.
회사 부근의 조그만 이탈리아식당에서 그녀와 여러 가지 이야기를 나누며
즐겁게 식사를 했다. 물론 나는 내가 초대를 했으므로 내가 셈을 치렀다. 나눠
내겠다는 그녀에게 오늘은 내가 초대했고 다음에 나에게 점심을 사주면 될 것
아니냐고 정말로 한국식으로 말했다. 그런데 꼭 일주일 후 그녀에게서 점심을
먹자는 연락이 왔다. 나는 기쁜 마음에 그녀가 지정한 지난번에 식사한 그
이탈리아 식당으로 찾아갔다. 그녀는 메뉴도 지난번에 먹은 것을 주문하자고
했다. 나는 그냥 별 생각없이 그러자고 했다. 식사가 끝난 뒤 그녀는 "지난번

폐를 끼쳤으니 갚고 싶다."며 계산을 했다. 나는 그제야 비로소 왜 그녀가 똑같은 레스토랑과 똑같은 메뉴를 시켰는지를 알았다. (중략) 후에 들은 이야기지만 그녀는 동료기자에게 "식사대접을 받은 것을 그대로 갚고 났더니 홀가분하다. '이유 없이' 남에게 폐를 끼치고 싶지 않다. 더구나 외국인에게는."이라고 말했다는 이야기를 듣고 나는 일본인에게 절망감을 느끼고 말았다.

그런데 일본인의 이런 정서에 대해서는 루스 베네딕트가 『국화와 칼』에서 지적한 '恩(일본어로 '옹'이라고 발음한다)'을 염두에 두면 쉽게 이해할 수 있다. 그에 의하면 일본인은 타인에게, 특히 잘 모르는 타인에게 신세를 지는 것을 아주 부담스러워 한다고 한다. 즉 타인에게 '恩'을 입는다는 것은 곧 타인에게 채무를 진다는 것을 의미한다. 게다가 그 채무는 가능한

김윤식·오인석의 『국화와 칼』

한 빨리 갚아야 한다. 시간이 지남에 따라 이자가 붙듯이 그 채무가 늘어가기 때문이다.[6] 따라서 위의 에피소드에서 점심식사를 대접받은 일본인 여기자는 전여옥에게서 점심을 얻어먹은 것을 '恩'이라고 생각했고, 그것을 가능한 그대로 되갚고 싶었던 것이다. 그래서 같은 레스토랑에서 같은 음식을 주문했던 것에 지나지 않는다.

---

6 루스 베네딕트(저), 김윤식·오인석(역), 『국화와 칼』, 을유출판사, 2009년 3월. (제5판 3쇄)

『국화와 칼』과 그 한국어 번역본

　문화인류학자인 루스 베네딕트는 1946년에 『국화와 칼』을 출판한다. 이 책은 전후 일본의 점령 정책을 세우기 위해 정책적으로 연구된 성과물인데, 출간 후 지금까지 일본학의 고전적 위치를 차지하고 있다. 우리나라에서도 여러 개의 한국어 번역본이 나와 있는데, 1974년에 을유문화사에서 나온 김윤식(국문학자)·오인석(서양사학자)이 공역한 것이 가장 빠르다. 1974년에는 제9장~제11장을 제외한 발췌 번역서였는데, 그 후 완역본이 나왔다. 2008년에는 문예출판사에서 박규태의 번역본이 나왔는데, 이것의 장점은 『국화와 칼』에 대한 최근의 연구 성과를 담고 있다는 점이다.

　한편 김현구는 나중에 같은 책에서 일본의 '더치페이(와리깡)' 문화를 유학 초기와는 달리 '합리적'이라고 긍정적으로 평가하게 된다.

　유학 초기에 누구나 마찬가지겠지만 나도 모든 것에 새롭게 적응해나가야 한다는 불안감과 외로움 때문에 자주 그들(국비유학생인 한국의 조교수 이상인 사람들, 인용자)과 어울려서 술을 마셨다. 그런데 이상한 점을 발견했다. 술값을 계산해야 할 때쯤 되면 꼭 없어지는 친구들이 있는 것이다. (중략) 그래서 그 다음부터는 그 친구들과 술을 마시게 될 때에는 여기는 일본이니까 일본식으로 더치페이로 하자고 미리 약속을 하고 술을 마셨다. 그러니까 '아, 더치페이라는 것이 참 편리한 것이구나'하는 생각과 함께 일본 사람이 쩨쩨하거나 경우가 밝아서가 아니고 더치페이라는 것은 합리적인 사회로 넘어가면서 나타나는 자연적인 현상이로구나 하는 생각이 들었다.

필자는 일본의 '더치페이' 문화를 '평등 관계'와 '부채 관계'로 생각하고 싶다. 보통 한국에서는 부하보다는 상사가, 학생보다는 선생이, 후배보다는 선배가, 여자 친구보다는 남자 친구가 음식값과 같은 비용을 지불하는 경향이 있다. 결국 사회적으로 위에 있는 사람이 밑에 있는 사람을 대신해서, 남자가 여자를 대신해서 비용을 내는 것이다. 이와 같은 불평등 관계를 평등 관계로 바꾸는 것이 '더치페이(와리깡)'이다.

한편 일본인의 경우는 일반적으로 상대방이 비용을 지출하면 그 만큼을 다음에 갚아야 한다는 부채감을 가진다. 그런 부채감을 해소하기 위한 행위가 바로 '더치페이(와리깡)'이라고 생각한다.

일본의 '더치페이(와리깡)' 문화를 부정적으로 평가하거나 혹은 거기서 일본인의 차가움 같은 것을 읽어내는 것은, 우리는 그렇지 않다는 것이 대립되어 있기 때문이 아닐까. 다시 말해 우리에게는 일본인과는 달리 넓고 따뜻한 마음이 있다는 의식이 있는 것은 아닐까.

일본 대학생과 장학금, 그리고 한턱내기

일본의 대학생과 대학원생이 주로 받는 장학금은 '학자금 대여'의 일종이다. 따라서 졸업 후에는 원금과 함께 이자까지 갚아야 한다. (물론 이자가 없는 것도 있기는 하다.) 때문에 장학금을 받았다고 해서 우리처럼 한턱을 낸다는 것은 현실적으로 거의 있을 수 없다. '장학금'은 결국 '빚'이기 때문이다.

3. 일본인은 정직하고 신용이 있다

우리는 '일본인은 정직하고 신용이 있다'는 이미지도 가지고 있다. 예를 들어 이원복은『새 먼나라 이웃나라-일본・일본인편』에서

> 일본인은 (중략) 정직하고, 신용 있고 세계에서 가장 친절한 민족이라고 할 수 있지만 셈에 있어서는 칼처럼 정확하고 절대 손해 보는 거래를 않는 것으로도 유명한데 [7]

라고 말한다. 이런 일본인의 표상을 김현구의 사례는 리얼하게 잘 보여 준다.

김현구는『김현구 교수의 일본이야기』에서 다음과 같은 에피소드를 전해 준다.

> 나는 고려대학교에서 석사과정을 마친 뒤 와세다대학에 가서 다시 석사과정을 공부했다. 그런데 고려대학교의 지도교수인 J교수는 대단히 언행에 신중하셔서 한 말씀 한 동작에 천근의 무게가 실려 있고 사회적으로도 대단히 존경받는 분으로, 나는 그분의 언행을 일생의 교훈으로 삼고 있다. 70년대 말 일본으로 유학을 떠날 때 그분(지도교수인 J교수, 인용자)께 인사를 드리러 갔더니 몇 가지 말씀을 해주셨다. 당신이 10여 년 전 일본에 가셨을 때 깜박 잊고 공원 벤치에다 카메라를 두고 왔는데 나중에 생각이 나서 가보니까

---

[7] 이원복,『새 먼나라 이웃나라-일본・일본인편』, 김영사, 2000년 1월.

카메라가 그 자리에 그대로 있더라는 것이었다. 그러시면서 "당시 일본에서 물건을 잊어버려도 고스란히 되돌아오는데 현금은 70%밖에 돌아오지 않았어. 자네가 이번에 일본에 가면 10년 동안 일본이 얼마나 변했는지 잘 관찰해보게"라고 말씀하셨다.

이와 같은 일화를 들었던 그는 어느 날 일본에서 지갑을 잃어버리게 되는데, 그 일화는 아래와 같다.

유학생활이 안정되기 시작한 다음해 봄 메이지대학에 와 계시는 선배 한 분과 토오꾜오 근교에 있는 고가네이(小金井) 공원에 벚꽃 구경을 갔다. 구경을 다 끝내고 돌아와서 보니 지갑이 어디로 빠져나가 버리고 없는 것이다. 지갑을 잃어버리고 나서 그제야 한국을 떠날올 때 지도교수께서 해주셨던 말씀이 생각나면서 좀 묘한 기분이 들었다. 잃어버린 지갑 속에는 만 2천엔 (중략)이 들어 있었는데 당시 유학생이었던 나에게는 적지 않은 돈이었음으로 찾기를 바라는 마음이 컸지만 다른 한편으로 일본에서 현금을 잃어버려도 70%는 돌아온다던 지도교수의 말씀이 떠오르자 일본인들이 정말로 돌려주는가 보자 하는 묘한 심리가 생겼기 때문이었다. 그런데 한 일주일쯤 지나자 (중략) 연락이 왔다. (중략) 잃어버린 지갑과 내용물을 확인시킨 경찰이 "법적으로 지갑을 신고한 사람에게는 지갑에 들어 있는 돈의 10%에서 20% 이내로 보상을 하게 되어 있다"면서 얼마나 보상하겠냐는 것이다. 그래서 신고한 사람이 보상비를 받겠다고 하더냐고 물었더니 그렇다고 했다.

그런데 김현구는 일본인이 주운 물건을 잘 신고하는 이유를 이렇게 분석한다.

　그 사람의 착한 마음을 악으로 갚는 것 같아서 대단히 미안한 얘기지만, 그 사람이 주운 돈에 대해 신고를 하고 보상을 요구한 것은, 돈을 줍는 자기 모습을 본 사람이 전혀 없는데도 불구하고 누가 보았을까 봐 신고를 하지 않으면 불안해서 견딜 수 없었던 것이다. 자기가 속한 집단에서 탈락되지 않고 인정받기 위해서는 정해진 규칙을 지키고 신용을 얻어 정직해야 하기 때문에 본 사람이 없다는 것을 잘 알면서도 신고하지 않으면 불안했던 것이다.

　결국 김현구의 지적을 종합해 보면, 일본인은 자기가 습득한 것을 누가 보지나 않았을까 하는 불안감 때문에 경찰에 신고한다는 것이다. 한편 일본인은 신용이 있다는 사례로 그는 백화점에서 겪은 경험을 소개한다.

오다뀨우 백화점

　일본에 간 지 얼마 안됐을 때인데 신쥬꾸에 있는 오다뀨우(小田急) 백화점에 들렀다가 마침 창이 가죽으로 된 구두가 눈에 띄었다. 가볍고 모양이 좋아 보여서 별 생각 없이 얼른 샀다. 신어보니 가볍고 좋기는 한데 일주일쯤 지난 어느 날 비가 내리자 물이 새는 것이 아닌가. 뒤에 안 사실이지만 가죽창 구두는 비가 올 때는 물이 스며들기 쉬워서 자가용을 타는 사람 정도나 신는 구두이지 나같은 학생이 신는 것이 아니었다. 일본 친구에게 "이

구두가 산 지 일주일밖에 안됐는데 비가 새" 하고 불평을 했더니 그 친구는
"백화점에 가져가서 이야기를 하면 바꿔줄 거야" 하면서 백화점에 가보자
는 것이었다. (중략) 그 친구가 전후 사정을 이야기하니까 담당직원이 서너
번이나 허리를 굽혀 절을 하면서 미안하다고 사과를 하고서는 다른 구두로
바꿔줄까 현금으로 돌려줄까 물어보는 것이다. (중략) 그 순간, 이런 것이
바로 신용이고 이렇게 해야 손님이 믿고 찾아오겠구나 하는 생각이 들었다.

다음과 같은 사례도 제시한다.

여행가이드로 아르바이트를 한 적이 있다. (중략) 그날도 정산을 하러 회
사에 갔다. (중략) 지하철 요금표를 보니, 나는 170엔짜리 노선을 이용했는
데 140엔으로 갈 수 있는 다른 노선도 있었다. 그래서 집에서 여행사까지
드는 지하철의 요금을 140엔으로 기입했더니 정산서를 들여다보던 직원이
금방 "여기까지 오는 데 드는 지하철 요금이 170엔일 텐데 왜 여기에는 실
제보다 30엔이나 적게 기입했느냐"고 묻는 것이다. "사실은 170엔을 내고
왔는데 도착해서 보니까 140엔으로도 올 수 있는 노선이 있었다. 내가 잘
모르고 170엔짜리 노선을 이용했기 때문에 140엔으로 청구한 것이다"라고
대답했더니 그 직원이 웃으면서 "당신이 140엔으로 알고 있는 노선은 아직
개통이 안 되었다. 그러니 170엔으로 청구하라"는 것이 아닌가. (중략) 여하
튼 그 사건 이후에 나는 정직성을 인정받아서 그 다음부터 내 정산서는 거의
검사 없이 통과되었다. 드디어 나도 임시직이기는 하지만 내가 속한 집단에서
인정을 받기 시작한 것이다.

요컨대 그는 자신의 아르바이트 사례를 들어 자신의 정직함 및 신용을 말한다. 그런데 이것은 결과적으로 일본인이 정직하고 신용이 있다는 것을 드러내게 된다.

그러나 당연한 이야기이지만 모든 일본인이 정직하고 신용이 있는 것은 아니다. 이 점에 대해서는 김현구도 지적하고 있다.

유학을 간 지 1년여만에 처음으로 귀국을 하게 되었을 때의 일이다. 오랜만의 귀국이라 이것저것 가족과 친지들의 선물을 잔뜩 사서 택시를 집어타고 "나리타(成田) 공항으로 가는 전철을 타려고 하니까 우에노역에 내려주십시오" 하고 부탁했다. 머리를 빡빡 깎아 어쩐지 인상이 안 좋아 보이는 운전사 녀석이 내 서툰 일본어를 듣더니 금방 한국에서 왔냐고 묻고는 히쭉히쭉 웃으면서 이런저런 이야기를 거는데 영 기분이 좋지 않았다. 말하기가 싫어서 제대로 대꾸도 안하고 있는 나를 우에노역에 다 왔다고 하면서 내려주고는 여전히 히쭉거리며 가는 품도 영 밥맛 없었다. 그런데 (중략) 알고 보니 우에

우에노 역

노역에는 토오꾜오 시내를 순환하는 야마노떼선 역과 나리따 공항으로 가는 케이세이선 역이 따로 있는데 그 택시운전사 녀석이 나를 반대편에 있는 야마노떼선 역에다 따로 내려놓고 간 것이다.

복사카드

필자도 도서관에서 사용하는 복사카드를 통해 일본인의 정직성에 대해 생각해 볼 기회가 있었다. 우리나라의 도서관에서는 복사카드를 판매하고 있어 학생이 스스로 복사를 할 수 있다. 또한 복사 가게도 있어 복사 가게 주인에게 복사를 부탁할 수도 있다. 그렇지만 필자가 유학했던 국립대학의 경우는 학생이 복사카드를 사서 복사할 수 있는 복사기는 있었지만 복사를 대행해 주는 곳은 없었다. 복사카드는 싼 것은 500엔 정도였고, 비싼 것은 5000엔 이상도 했다. 그런데 누구나 한 번쯤은 이 복사카드를 잃어버린 경험이 있었다. 필자도 8년간 몇 번이나 잃어버렸는지 모른다. 한편 복사를 하러 갔다가 누가 떨어뜨린 복사카드를 우연히 주운 적도 있었다. 복사카드에 이름이라도 적혀 있다면 찾아줄 수 있을 텐데, 그렇지 않은 경우가 대부분이었다. 하루는 복사카드를 얼마 쓰지도 못하고 잃어버려서 좀 상심을 했었다. 그런데 그날 도서관에 갔다가 복사기를 힐끗 쳐다보니 그 옆에 복사카드가 놓여 있지 않은가. 혹시 내 것인가 하고 살펴봤더니 내 것은 아니었다. 그래서 거기에 있는 것을 그냥 쓴 경험이 있다.

그런데 이런 상황을 일본인 친구들에게 물어보았다. 요는 이렇다. 주위에 다른 사람이 있으면 그냥 그대로 두고, 만약 없다면 그것을 사용할 수도 있다는 이야기였다.

좀 전에 제시한 김현구의 사례에서 그는 "여하튼 그 사건 이후에 나는 정직성을 인정받아서 그 다음부터 내 정산서는 거의 검사 없이 통과되었다. 드디어 나도 임시직이기는 하지만 내가 속한 집단에서 인정을 받기 시작한 것이다."라고 말했다.

그런데 이런 심정에는 혹시나 '일본인은 정직하고 신용이 있는데, 한국인은 그렇지 못하다'는 의식이 잠재되어 있었던 것은 아닐까? 주위에서 일본인은 정직하고 신용이 있다는 말을 들을 때마다, 이런 말은 우리는 그렇지 못하다는 열등의식과 자기비하가 거꾸로 표현된 것이 아닐까하는 의구심을 가지게 된다.

4. 일본인은 잔인하다

일본인에 대한 우리의 이미지 가운데, '일본인은 잔인하다'는 인상이 있다. 예를 들어 지명관은 「일본학 연구의 과제와 방향－동북아시아학을 제기하면서」에서 임진왜란에 대한 우리의 '기억'인 『임진록』을 보면, 일본은 잔인한 나라라고 서술되어 있다고 한다.[8] 그리고 일제강점기를 거치면서 이런 인식은 더욱 확대 재생산되었을 것이다. 결국 우리가 일본인은 잔인하다고 인식하게 된 데에는 임진왜란이나 식민지 체험, 특히 당시 식민지 조선에 살았던 일본인에게서 받았던 개인적 체험이 있었던 것이다.

'일본인은 잔인하다'는 것을 입증해 주는 예의 하나로 '이지메(いじめ)'가 소개되곤 한다. '이지메'에 대해 전여옥은 『일본은 없다 1』에서

> 일본말에 '이지메(いじめ)'라는 독특한 단어가 있다. 이 단어는 일본말의 '이지메루(いじめる)', 즉 괴롭힌다는 뜻이다. 이 이지메라는 말은 일본 사람들이 일상생활에서 참으로 많이 쓰는 단어의 하나이다. 직장에 들어가서 고참들의 이지메 때문에 고생했다느니, 학교에서 이지메를 당한 아이들이 등교거부를 한다느니. 또 자살했다느니 하는 이야기가 너무나 자주 들리기 때문이다. 즉 남을 괴롭히는 일을 통틀어 가리키는 말이다.

고 정의한다.

결국 '이지메'는 다수가 한 사람을 언어적 및 신체적으로 괴롭히는 일체의 행위를 뜻하는데, '이지메'를 당한 사람은 유서를 남기면서 자살하는 경우가 적지 않다. 그리고 만약 초중고에서 생긴 '이지메'에 의한 자살 사건이 미디어를 통해 보도되면, 자살한 학생의 부모와 자살한 학생이 다녔던 학교의 교장 등이 나온다. 학부모는 자신의 자식이 '이지메'를 당하고 있었는지 몰랐다고 말하고, 학교 당국은 학교에서

---

8 지명관, 「일본학 연구의 과제와 방향－동북아시아학을 제기하면서」, 『한림일본학』 제13집, 한림대학교일본학연구소, 2008년 8월.

'이지메'가 있었는지 몰랐다고 말하는 것이 일반적이다.

　그런데 '이지메'는 보통 3각 구조, 즉 '괴롭히는 다수', '괴롭힘을 받는 한 사람', '방관하는 다수'로 설명되곤 한다.9 이때 '방관하는 다수'에는 학교의 선생님도 포함된다. 교사가 교실에서 '이지메'가 일어나고 있는 것을 알고도 제대로 대처하지 못하는 경우가 생기는 것은 잘못하다가 교사도 '이지메'를 당할 수 있다는 불안감 때문이다. 정확한 통계 자료는 갖고 있지 않지만 교사가 학교를 그만두는 이유 중에 학생들의 '이지메'가 원인인 경우도 적지 않다고 들었다.

　이에 대해 김현구는『김현구 교수의 일본이야기』에서 교사들이 학생들에게 '이지메'에 가까운 폭력을 당하고 있다면서 아래와 같은 사례를 전한다.

　일본에서는 오래 전부터, 고등학교에서는 별로 그런 일이 없는데, 중학생들이 교사들에게 폭력을 휘두르는 사건이 커다란 사회문제로 부각되고 있다. 얼마 전에는 중학교 교사가 학생들의 폭력에 견디다 못해 호신용 칼을 가지고 다니다가 발견되어 우리나라의 메스컴에 소개된 적이 있다. 요즈음에는 중학생들이 덩치가 커져서 키도 170, 180센티 이상 되는 학생들이 수두룩하다. 그런데 그들은 덩치만 컸지 자기들의 힘이 얼마나 센지를 잘 모르는데다가 그들의 지식이라는 것도 영상매체를 통해서 형성된 것이 대부분이기 때문에 자제력을 잃고 걸핏하면 교사에게 폭력을 휘두르는 것이다.

---

9 오사카시립(大阪市立)대학교의 모리타 요죠(森田洋三)는 이지메를 피해자, 가해자, 관중(지켜보는 자), 방관자(못 본 척 하는 자)와 같이 4중구조로 파악한다.

그 결과 선생이 뼈가 부러진다든지 큰 상처를 입게 된다는 사실조차 안중에 없는 것이다. 그래서 교사들이 호신용 칼을 휴대하지 않으면 안 되는 지경에 까지 이르렀다.

만약 '이지메'를 당하는 학생을 누군가가 도와주었다고 하자. 그럼 어떻게 될까? 지금까지 '이지메'를 당한 학생은 어느새 '이지메'를 가하는 쪽으로 돌아서서 자신을 도와준 사람을 '이지메' 하는 경우도 종종 있다. 이처럼 일본의 '이지메' 구조는 고정적인 것이 아니라 유동적이라는 것에 큰 특징이 있다.

'이지메'와 '왕따'

일본의 '이지메'와 한국의 '왕따'를 비교했을 때에 여러 차이점이 드러난다. 예를 들어 일본에서는 한 번 '이지메'를 당하면 거기에서 좀처럼 벗어나기 힘들다는 특성이 있는데, 상대적으로 우리의 경우는 그렇지 않은 듯하다. 또한 일본의 경우 주로 신체적으로 나약한 자가 이지메의 대상이 되는 경향이 있는데, 우리의 경우는 잘난 척 하는 것과 같은 성격에 관련되는 '왕따'가 적지 않은 듯하다. 여하튼 '이지메'든 '왕따'든 이것은 '차별' 행위이기 때문에 사회문제이고, 사회구성원 모두가 책임을 지고 해결해야 하는 문제이다.

그렇다면 '이지메'는 구체적으로 어떻게 표현될까? 김현구는 같은 책에서 어느 중학생의 '이지메'를 소개한다.

이지메 사건은 다반사이기 때문에 웬만해서는 언론에 보도조차 되지 않는다. 누군가 자살이라도 하거나 특이한 사건일 때만 관심을 갖는다. 그런데 어느 날 저녁을 먹고 뉴스를 보기 위해 텔레비전을 켜니까 이지메 때문에 중학생이 자살한 사건을 보도하고 있었다. 당시만 해도 유학 초기인지라 이지메라는 말만 들었지 실체를 잘 모를 때라서 관심을 가지고 보았다. 보도 내용인즉 한 중학생이 이지메 때문에 학교를 못 가다가 며칠 만에 나갔더니 이지메 그룹이 자기 책상 위에 검은 리본을 단 자기 사진과 조화를 장식해 놓은 것이었다. 그들끼리 자기 장례식을 치른 셈이다. 그 광경을 접한 학생이 쇼크를 받아 자살해버렸다.

전여옥도 『일본은 없다 1』에서 아래와 같은 사례를 든다.

이지메란 전학급 또는 집단이 어떤 특정한 대상을 정해 괴롭히는 일이다. 대개 그 대상은 '약하고 힘없는' 존재이다. 괴롭히는 데는 뚜렷한 이유가 없다. 그저 반 전체가 한 아이를 놓고 집단으로 괴롭히는 일이다. 숙제를 해온 공책에 붉은색으로 잉크칠을 하거나 도시락에 죽은 벌레를 집어넣는다. 또는 뒤에 앉은 아이가 앞에 앉은 '이지메' 대상 아이를 바늘로 살짝 긁거나 피가 나게 찌르기도 한다.

필자는 일본에서 유학했을 때에 한 고등학교에서 기간제 교사로서 3년 가까이 근무한 적이 있다. 교실에 들어가면 누가 '이지메'를 하고, 누가 '이지메'를 당하는지 한눈에 알 수 있었다. 과연 어떤 사람이 '이지메'의 대상이 될까?

그 한 예로써 전여옥은『일본은 없다 1』에서 한국인과 같은 아시아계 외국인이나 외국에서 살다 온 일본인 학생을 들고 있다.

한국 아이들이 이 '이지메'의 표적이 되는 것은 물론이고 일본아이라 해도 외국에서 살다 온 '귀국자녀'일 경우 이지메의 딱 알맞은 대상으로 떠오를 수밖에 없다. 그래서 한국인 학교로 옮기거나 아예 아이들만 외국으로 보내버리는 경우도 허다하다.

계속해서 그는『일본은 없다 2』에서 정신적으로나 육체적으로 나약한 사람이 '이지메'를 당하고 있다고 고발한다.

이지메에는 몇 가지 공통점이 있다. 정신적으로 나약한 사람, 육체적으로 약하거나 장애를 가진 사람에게 주위에서 집단으로 이지메를 가하는 경우가 일반적이다. 가장 약한 사람을 못살게 굴면서 쾌감을 만끽하는 이지메는 일반

일본의 고등학생과 필자

성인들 사이에서도 일종의 '승인된 제도'이다.

최근에 일본 사회에서 사회문제화 된 '이지메'를 없애자는 움직임이 있음에도 불구하고, '이지메'는 왜 없어지지 않는 것일까?

여기에 대해 전여옥은 『일본은 없다 2』에서 다음과 같이 피해자에게도 책임이 있다는 인식이 문제라고 지적한다.

최근에 화제가 된 사건은 일본 아이치 현의 중학교 2학년 오코우치 기요테루(大河内淸輝)의 자살이다. 오코우치는 같은 학교의 친구들 열두 명으로부터 이지메를 당해 온 것으로 알려졌다. (중략) 사건 초기에는 미처 유서가 발견되지 않았다. (이지메로 자살하는 일본 아이들은 대개 장문의 유서를 남긴다.) 처음 학교측은 책임을 회피하기 위해 '이지메가 있었던 것은 알 수가 없다'라고 주장했다. 그러다 주위의 상황을 조사하면서 가혹한 이지메를 당한 것이 하나하나 밝혀지자 이번에는 '이지메를 당한 학생에게도 문제가 있다'는 식으로 나와 물의를 빚었다. 이런 식이니 '이지메에 대해 학교측에 물으면 없다고 하고 아이들에게 물으면 너무나 많다'고 한다는 이야기가 있을 정도이다.

또한 그는 『일본은 없다 1』에서 학교에서 발생한 '이지메'의 책임은 일선 교사에게도 있다고 말한다.

내가 이 '이지메' 문제에서 가장 이해할 수 없는 것은 이 현상을 방지하고 해결해야 할 사회 또는 어른들의 신경마비 현상이었다. 가령 자기가 담당한 반의 아이가 이지메를 당해도 모른 척하는 선생이 대부분이며 아예 거기에 동조해 그 아이를 차별하고 미워하는 선생도 있는 것이 일본이다. 그래서 오죽하면 일본의 선생 가운데 몇 명이 모여 '이지메 방지를 위한 교사들의 모임'을 조직해 일본땅에서 이지메를 없애는 데 동조하자고 호소할까. 나는 텔레비전 뉴스에서 이를 지켜보며 정말로 놀랐다. 학교 교육에서 있을 수도 없는 일, 선생으로서는 상식처럼 되어 있는 일을 전국적인 조직까지 만들어 호소하지 않으면 안 되는 일본의 현실이 놀라워서였다.

그리고 『일본은 없다 2』에서 '이지메'에 대한 개인 차원에서의 방지책도 소개한다.

직접 이지메의 대상이 된 체험을 한 일본의 한 관료는 이지메를 물리치는 비결을 책에다 쓰기도 했다. 그의 이지메 퇴치법은 다음과 같다. 첫째, 집단에 약한 점을 보이지 말 것. 둘째, 당하는 쪽 역시 위압적인 자세를 취할 것. 셋째, 자신이 지닌 능력을 강조할 것. 넷째, 상대의 약점을 강력하게 공격할 것. 다섯째, 상대에 수치심을 느끼도록 만들 것. 마지막으로 상대에게 자신의 강한 점을 알릴 것. 전쟁을 불사하는 듯한 이 퇴치법은 일본 사회가 얼마나 가혹한 이지메의 현장인가를 피부로 느끼게 한다.[10]

'이지메'는 결국 차별이다. 이에 대해 전여옥은 『일본은 없다 2』에서 일본인에게 '이지메'는 '차별'이라는 인식을 가지길 호소한다. 타당하고 적절한 지적이다.

---

10 전여옥, 『일본은 없다 2』, 지식공작소, 1995년 4월.

이지메는 '형태'를 달리한 차별이다. 즉 하나의 집단, 하나의 테두리에서 내몰린 사람에 대한 가혹한 차별인 것이다. 그 차별은 폭력과 음모 그리고 가혹한 스트레스를 수단으로 해서 대상을 막다른 골목까지 몰아세운다. 집단적인 이지메의 대상으로는 일본의 옛 천민 집단인 부라쿠민이 있고, 오키나와 사람들이 있고, 그리고 재일 동포들이 있다. 단지 자기네 집단과 다르다고 해서 일본인들이 이들에게 가하는 '부당한 차별'은 일본만의 독특한 이지메의 총체적인 표현이라고도 할 수 있다.

그런데 일본의 '이지메'에 대해 우리가 이렇게 많은 관심을 보이는 이유는 무엇일까? 단도직입적으로 말하면 거기에는 우리 사회는 인정이 많고 잔인하지 않은데 반해, 일본 사회는 그렇지 못해서 '이지메'와 같은 사회 문제가 발생한다는, 곧 일본 사회에 대한 우리의 우월의식이 잠재되어 있는 것은 아닐까?

결국 우리가 일본의 '이지메'를 말할 때에는 오히려 다음과 같은 것을 생각해야 한다고 본다. 즉 왜 우리는 '이지메'를 포함한 그 밖의 여러 가지의 '차별'을 상대방에게 가해서는 안 되는가? 답은 간단하다. '이지메'와 같은 '차별'을 본인이 받았을 때 어떤 심정일 것인가를 상상해 보면 된다. 당하는 자의 아픔과 괴로움을 상상할 수 있는 '상상력'을 모두가 '공유'할 수 있을 때, '이지메'와 같은 '차별'은 없어질 것이고, '이지메'를 말할 때에는 바로 그런 '상상력'을 갖자고 호소해야 하지 않을까.

5. 일본인은 이중적이다

우리는 '일본인은 이중적'이라는 이미지를 갖고 있다. 한마디로 겉 다르고 속 다르다는 것이다. 알 수 없고 믿을 수 없다는 말이다. 이런 주장은 일본어의 '다테마에(立前)'와 '혼네(本音)'라는 말에 의해서도 입 증된다고 한다. '다테마에'는 그냥 하는 말이고, '혼네'는 진심으로 하 는 말에 해당한다. 예를 들어 이원복은 『새 먼나라 이웃나라―일본·일본인편』에서 일본이 일찍부터 상업이 발달했고, 그래서 이런 상인 의 이중성이 오늘의 일본인에게 많은 영향을 끼쳤다고 말한다.[11] 그는 일본인이 이중성을 가지고 있다는 것을 움직일 수 없는 사실로 받아들 이고 있다.

그러면 지금부터 '일본인은 이중적'이라는 사례를 구체적으로 살펴 보자. 김현구는 『김현구 교수의 일본이야기』에서 다음과 같은 에피소 드를 들려준다.

경주를 여행하게 되었는데 미리 예약된 집에서 점심으로 삼계탕을 들게 되었다. 그런데 일본 사람들이 삼계탕을 좋아하지 않는다는 사실을 모른 가이드 아주머니가 주문을 받지 않고 일괄해서 삼계탕을 미리 예약을 했는 지, 식사가 시작됐는데도 영 분위기가 냉랭했다. 가이드 아주머니도 어색한 분위기를 깨달았는지 이 테이블 저 테이블을 열심히 돌아다니면서 맛이 어 떠냐고 묻는 것이었다. 그러자 여기 저기서 "오이시이(맛있다)! 오이시이!"

---

11 이원복, 『새 먼나라 이웃나라―일본·일본인편』, 김영사, 2000년 1월.

하는 소리가 연발되고 있었다. 그러나 식사가 끝난 뒤에 보니 태반이 음식을 남겼다. 여행은 그 이튿날도 계속됐는데 어제 일방적으로 결정을 해서 음식을 안 먹은 사람들이 많았던 것이 마음에 걸렸던지 그날은 버스안에서 점심 식사 메뉴 신청을 받았다. (중략) 전날 그렇게 "오이시이, 오이시이" 하던 삼계탕은 한 사람도 손을 들지 않았다.

일본인 중에는 삼계탕을 즐기는 사람도 있지만 그다지 좋아하지 않는 사람도 적지 않다. 위의 일화에서는 우선 관광객들에게 개별적으로 주문을 받지 않고 일괄적으로 식사를 주문했다는 점에서 문제가 있었다. 이 에피소드를 보면 경주로 관광을 갔던 일본 관광객은 '내심(=혼네)' 삼계탕을 좋아하지 않았지만 다른 일본 관광객도 있고, 주문한 가이드의 체면도 고려해서 그냥 먹기로 했던 것 같다. 식사 후 가이드가 맛이 어떠했냐고 물었을 때도 다른 일본 관광객의 눈과 가이드의 체면 등을 생각해서 '겉치레(=다테마에)'로 '맛있다(=오이시이)'고 했던 것이다.

일본에 유학했을 때의 일이다. 어떤 한국인 유학생이 지도교수에게 김치를 선물로 드렸던 적이 있다. 그러자 지도교수는 "지금까지 맛본 김치 중에서 이 김치가 최고로 맛있다"라고 말했다. 순간 '정말일까?' 하고 생각했다. 그 일이 있은 후 얼마 지나지 않아 새로 유학 온 유학생도 그 지도교수에게 한국에서 가져온 김치를 '선물=오미야게(お土産)'로 건넸다. 그러자 그 지도교수는 "지금까지 맛본 김치 중에서 이 김치가 최고로 맛있다"라고 다시 말했다. 그렇다면 다음에 새로운 유학생이 그 지도교수에게 또 김치를 선물로 주면 뭐라고 말할까? 아마 그때도 "지금까지 맛본 김치 중에서 이 김치가 최고로 맛있다"라고 말할 것이다.

　필자의 지도교수가 김치를 정말로 좋아하는지 어떤지는 아직도 잘
모르겠다. 하지만 선물을 준 사람의 성의를 생각해서 맛있지 않아도
맛있다고 하는 것이 '다테마에'의 한 가지 속성임에는 틀림없다.

　한번은 이런 경우도 있었다. 일본에 가서 얼마 후 학위를 위한 연구
테마를 정하게 되었다. 지도교수는 연구 테마가 정해지면 연구실로 오
라고 했다. 며칠 후 필자는 연구 테마를 3가지 정도로 압축한 후 지도
교수를 찾았다. 그것을 하나씩 하나씩 설명하자, A는 이래서 '나쁘지
는 않고', B는 저래서 '나쁘지는 않고', C는 이러 저러한 이유로 '나쁘
지는 않다'는 것이었다. 그렇게 코멘트하고는 튜터와 상담을 해 보라
는 것이었다. 튜터와 상담을 하자 그도 지도교수와 똑같은 지적을 했
다. 며칠이 지난 다음에 다시 지도교수를 찾아갔다. 그리고는 튜터도

지도교수와 연구실 동료

지도교수와 같은 지적을 하더라는 말을 전했다. 그랬더니 빙그레 웃으면서 "내 말이 맞지"라고 하시면서 D라는 연구 테마를 정해 주셨다. 일단 그것으로 연구를 해 보라는 것이었다.

유학생과 튜터

　일본 대학원으로 유학을 가면 보통 튜터가 한 명 붙는다. 그는 주로 유학생의 연구 생활을 지원해 주는 역할을 맡는다. 예를 들어 진학 시험이나 세미나 발표를 도와준다. 따라서 성실하고 자상한 튜터를 만나는 것은 유학 생활에서 큰 행운을 잡은 것과 같다.

　지도교수는 필자가 스스로 연구 테마를 정하는 과정을 거쳤으면 했는지 모른다. 하지만 그렇다고 하더라도 처음 연구 테마를 설명했을 때, 말을 빙빙 돌리지 말고 좀 더 확실히 조언을 했다면 마음고생을 덜했을 거라고 생각한다. 지도교수는 지도교수 나름대로 필자에게 상처를 주지 않으려고 겉치레 곧 '다테마에'로 '나쁘지는 않다'고 했는지도 모르지만, 그것이 오히려 적어도 당시에는 상처를 주었던 것 같다. 지금은 이해하지만 말이다.

　그렇다면 이와 같은 '다테마에'를 우리는 어떻게 평가해 왔나? 김현구는 『김현구 교수의 일본이야기』에서

✓ 흔히 "혼네(本音)와 타테마에(立前)를 이해할 수 있으면 일본을 다 이해하는 것이다"라고 말하는 사람이 많다. 글자 그대로 해석하면 '혼네'

는 '본심에서 하는 말'이고 '타떼마에'는 '그냥 하는 말'이라는 뜻으로 일본인들의 애매하고 이중적인 성격을 나타낸 말이다. 우리 한국 사람들 뿐만 아니라 같이 유학하던 외국인들도 한결같이 일본 사람들의 솔직하지 못한 이중적인 성격을 비난했다.

✓ 일본 사람들은 좀처럼 자기 속에 있는 말을 하지 않는다.

고 평가한다.

전여옥도 『일본은 없다 2』에서 말레이시아 대표의 말을 인용하면서 일본인에 대한 불신과 경계를 나타낸다.

내가 말레이시아의 피낭에서 열린 전문 직업인 모임에 참석했을 때의 일이다. (중략) 회의가 끝난 뒤 나는 말레이시아 대표를 붙잡고 (중략) 확인하듯 물었다. 그러자 그가 내게 진지한 얼굴로 대답했다. "물론 아시아의 모든 친구들 앞에서 한 말이 진심입니다. 저는 일본인을 믿지 않습니다. 우리 일가족 가운데 일본인 때문에 평생 병마에 시달린 사람이 있지요. 일본인들과는 진실을 이야기할 필요가 없어요. 일본인들은 언제나 자기 속마음을 이야기하지 않잖아요. 우리 역시 그들 앞에서 건성으로 이야기하면 됩니다. 저는 한국인들을 이해할 수 없어요. 왜 일본인을 상대하여 그토록 에너지를 소모하는지요. 일본인들에게는 일본식으로 대해 주면 됩니다." 그는 자그마치 십여 년 동안 말레이시아의 엘리트 관료로서 경제정책을 이끌어 왔고 일본인과 교류가 많았던 사람이다. 어떻게 보면 일본에 대해 끊임없이 속마음을 그대로 드러내는 한국인보다 이 동남아시아 사람들이 일본에 대해 품고 있는 불신과 경계는 더욱 더 깊고 큰 것이 아닌가 생각된다.

그럼 일본 사회에서 '다테마에'는 왜 생겨났던 것일까? 여기에 대해 역사학자인 김현구는 같은 책에서 일본의 전국시대에 주목한다.

일본이 100여 개로 나뉘어서 100년 이상 싸웠던 전국시대에는 자기 의사를 분명히 밝혀서는 살아남을 수가 없었다. 옆에 있는 A와 B가 전쟁을 하면서 양쪽에서 다 같이 지원을 요청해오는 경우 A가 나와 가깝다든지 인척관계라고 해서 A를 지원해줬다가 만약 B가 승리하는 경우에는 A와 함께 도매금으로 멸망하게 되는 것이다. 따라서 A와 B가 다 함께 지원을 요청해오는 경우 애매하게 대답을 하거나 일단은 양쪽에다 다 대답을 해놓고 추이를 지켜보다가 어느 한쪽이 결정적으로 우세해지면 거기에 가담해야 살 수 있었던 것이 전국시대의 논리다. (중략) 그들에게는 살아남는 것만이 최대의 가치요, 그러기 위해서는 애매하고 이중적인 태도를 취하면서 실리를 챙기는 길밖에는 없었던 것이다.

이와 같은 '다테마에'에 대해 전여옥은 『일본은 없다 1』에서 다음과 같은 결론을 내린다.

절대로 다른 사람 앞에서는 자기 속마음을 털어놓지 않는 것이 일본인들이다. 속으로 싫으면 그것이 그대로 얼굴에 나타나거나 대개 싫다고 확실하게 말하는 한국인들과는 달리 그들은 그저 알았다고, 생각해보겠다고 말한다. 일본인들은 장사를 하는 과정에서만 그렇게 말하는 것이 아니라 보통 대인관계에서도 그렇게 말한다. 자신의 의견은 절대로 말하지 않는다. 일본인들은 그것을 자기들의 미덕이자 교양이라고 말한다. 조그만 섬나라에서 살다보니 누구하고라도 사이가 나빠지면 견딜 수 없었으므로 대충 싫어도 표시하지 않고 살아간다고 어느 일본인이 내게 말한 적이 있다. 그리고 희노애락을 겉으로 드러내지 않는 것이 일본인들의 생활미학이라는 말도 들었다.

하지만 이에 대해 박유하는 『누가 일본을 왜곡하는가』에서,

『누가 일본을 왜곡하는가』

하지만 정도의 차이는 있을지언정 '속마음'을 따로 갖지 않는 경우가 있을 수 있을까? 정말로 다른 생각을 하고 있어도 이런저런 이유로(그건 공적 관계일 수도 있고 사적 관계일수도 있으며 상대방에 대한 배려에서일 수도 있고 의식적인 거짓에서일 수도 있다.) 그것을 표현하지 않는 경우는 누구에게나 어떤 집단에게나 있을 수 있는 일이다. 그런데도 일본인이 유독 표적이 되는 것은 그들에게 그 경향이 강하기 때문일지는 모르겠다. 군이 말한다면, 한국인이 비교적 속내를 잘 보이는 경향이 강한데 반해 일본인들은 속을 잘 드러내보이지 않는 경향이 있다고 해두는 정도가 정확할 텐데, 그것은 (중략) 거리감각의 차이를 드러내는 것일 뿐이다. 혹은 공간과 시간에 대한 공공성의식의 차이에서 오는 거라고 말할 수 있다.

고 지적한다.

필자의 관심은 일본 사회에서 '다테마에'가 역사적으로 어떻게 발생했느냐에 있지 않다. 또한 '다테마에'를 부정적으로 혹은 긍정적으로 평가하는 데에도 있지 않다. 오히려 왜 우리가 일본의 '다테마에'에 이리도 주목하는가에 있다.

전여옥은 바로 앞에서 인용한 글에서 일본의 '다테마에'를 말하면서 '속으로 싫으면 그것이 그대로 얼굴에 나타나거나 대개 싫다고 확실하게 말하는 한국인'이라고 언급하고, 박유하도 '한국인이 비교적 속내를 잘 보이는 경향이 강한 데 반해'라고 지적한다.

결국 일본인의 '다테마에'를 부정적으로 평가하는 전여옥도, 이런 전여옥의 견해에 비판하는 박유하도, 일본인과 달리 '한국인은 솔직하다'는 평가를 내리고 있다는 점에서는 크게 다르지 않다. 실은 바로 일본인에 대한 이와 같은 우리의 가치 평가를 말하고 싶어서 우리는 일본인의 '다테마에'에 대해 말하고 있는 것은 아닐까.

6. 일본인은 상대방을 가볍게 대한다

일본인과 인간관계를 맺다 보면 자주 선물을 주고받게 된다. 독자 가운데에는 한국으로 놀러 온 일본인 지인으로부터 보통 1,000엔 곧 약 10,000원 정도의 먹을 것을 받아본 사람도 있을 것이다. 이런 일본의 선물(=오미야게)에 익숙하지 않은 우리들은 당황하기도 한다. "대체

나를 어떻게 생각하기에 이런 선물을 주는 거야"라고 말하면서. 곧 대접을 잘 못한다는 것이다.

김현구는 『김현구 교수의 일본이야기』에 다음과 같은 사례를 보여준다.

와세다대학과 고려대학교 사이에는 교환교수제도가 있어서 (중략) 매년 고려대학교에서 교수 한 분씩 왔다. 그중에 세상에 대한 관찰력이 대단히 뛰어나고 저명한 분으로 이름을 대면 누구나 금방 알 수 있는 S 교수도 오셨는데 와세다대학에 와 계셨던 인연으로 가끔 찾아뵙는 관계가 됐다. 몇 년 전 와세다대학의 간부 몇 분이 고려대학교를 방문한 적이 있는데 그중에 내가 아는 분이 함께 오셨다. 그래서 그분의 일정을 알아보려고 접대를 책임지고 있는 S 교수를 찾아뵈었다. 그랬더니 S 교수께서 일정을 알려주시며 "아 글쎄 작년에 그 친구가 왔을 때 내가 안내를 해주고 여러가지로 편의를 봐주었더니 이번에 오면서 이것을 선물이라고 가지고 왔단 말이야" 하시면서 책상 위에 있는 자그마한 선물 하나를 가리키셨다. 지금 잘 기억할 수는 없지만 대단히 가벼운 것으로 일본 돈으로 천 엔 정도 나가는 물건이었다고 생각한다. 물건의 값어치보다는 상

와세다대학교

대편이 당신을 대단히 가볍게 대했다는 데 대해서 섭섭해하시는 태도였다.

그렇다면 일본인 교수는 한국인 교수에게 왜 1,000엔 정도의 선물(= '오미야게')을 주었을까? 거기에 대해 김현구는 같은 책에서

와세다대학의 그 교수는 자기가 대단한 선물을 하는 것은 S 교수에게 그만한 선물을 요구하는 것이라고 생각하고 부담을 주지 않기 위해서 일부러 가벼운 선물을 한 것이다. 그런데 S 교수는 와세다대학 교수가 당신을 가볍게 보았다고 생각하는 것이었다. 그러나 그것은 당신을 가볍게 보아서가 아니라 오히려 배려한 선물이었다.

고 지적한다.

계속해서 그는 일본 사회에서의 '오미야게'에 대해 같은 책에서 다음과 같이 말한다.

일본 사람들은 정신적인 것이든 물질적인 것이든 기본적으로 무엇인가를 주고받는 속에서 인간관계가 이루어진다. 그래서 남에게 무엇을 받게 되면 반드시 그만큼 즉시 갚아야 한다. 우리처럼 마음에 새겨두었다가 기회가 오면 더 크게 갚을 수도 있는 것이 아니라 그 사이에 상대가 나를 어떻게 생각하고 있을지 불안하여 즉시 갚지 않으면 안되는 것이다. 그렇기 때문에 일본 사람들은 될 수 있는 대로 남에게 부담을 주지 않으려 하고 또 자신도 부담을 지지 않으려고 노력한다. 그것이 예의이다. 일본 사람들의 선물이 간단한 것은 이 때문이다. 일본 사람들의 선물은 받는 사람도 부담을 느끼지 않고

주는 사람도 부담을 느끼지 않는 간단한 것이어야 한다.

결국 일본 사회에서 '오미야게'란 주는 사람이나 받는 사람이나 서로 부담을 느끼지 않을 정도의 간단한 선물을 말한다. 그리고 '오미야게'를 받으면 거의 같은 가격의 것으로 가능한 한 빨리 갚아야 한다. 왜냐하면 받은 '오미야게'는 부채이기 때문이고, 그것을 갚지 않으면 '이자'가 붙기 때문이다. 또한 누구에게나 무난한 '오미야게'가 되기 위해서는 먹을 거나 마실 것이 좋다. 예를 들어 초콜릿이나 술처럼 말이다.

오미야게의 유래

오미야게란 본래 일종의 전별금(餞別金)에 대한 보답에서 시작되었다고 생각된다. 일본에 현존하는 가장 오래된 시가집인 『만엽집(万葉集)』을 살펴보면 이렇다. 즉 고대 일본인들은 좀처럼 자기의 고장을 떠나 멀리 '여행(旅)'을 가지 않았다. 이는 농경사회라는 사회 시스템과도 밀접한 관련이 있을 것이다. 여하튼 어떤 사람이 정든 고장을 떠나 먼 타지로 여행을 떠나게 된다는 것은 그가 살아서 돌아올 지 어떨지 모르는 것이었다. 그만큼 고대 일본에서 '여행'이란 위험한 것이었다. 지금의 '여행'과는 다른 것이다. 그러기에 여행을 떠나는 사람에게 고향 사람들은 여비로 쓸 만한 것이나 식량 등을 제공했고, 그것을 받은 여행자는 여행지에서 본 희귀한 것, 예를 들어 조개 등을 그 답례로 고향 사람들을 위해 가져왔던 것이다. 이것이 결국 지금의 오미야게가 된 것이다.

그렇다면 일본인이 좋아하거나 싫어하는 한국의 '오미야게'에는 어떤 것이 있을까? 『일본유학생활 가이드』에는 다음과 같이 소개되어 있다.

일본에서도 인사대용으로 "이거 변변치 않은 겁니다만…" 하며 간단한 선물을 슬그머니 내미는 습관이 있다. (중략) 자신의 유학에 대해 여러 가지로 수고를 해준 보증인이나 대학의 주임교수·지도교수에게 할 선물은 구절판이나 한국인형·장식품·전통민예품 등이 좋다. 면세품 양주도 기뻐하는 것 중의 하나. (중략) 한국에서는 선물로 음식을 주고받는 습관이 드문 탓으로 서로가 그다지 썩 내켜하지는 않으나 일본인들은 음식물 중에서도 그리 흔하지 않고 드물어서 특이한(물론 맛있는 것) 것을 받으면 무척 좋아한다. 예를 들어 본토의 김치 깍두기 총각김치 깻잎 등은 많은 양이 아니라 아주 조금이라도 무척 기뻐한다. 그외에 삼계탕통조림, 매운 즉석라면, 유자차 등도 반기는 것 중의 하나. 특히 송이버섯 시즌이라면 좀 비싸기는 해도 기뻐할 것임에 틀림이 없다.[12]

여기에 개인적인 경험을 보태 보자. 일본인이 좋아하는 한국의 '오미야게'에는 여러 가지가 있다. 일반적으로 말하면 한국의 전통적인 것을 좋아하는 경향이 있다. 예를 들어 인사동에 가면 쉽게 구할 수 있는 비싸지 않은 열쇠 고리 같은 것이다. 또한 얼마 전에 한국에서도 크게 유행했던 모 회사의 배주스도 일본에서 크게 인기가 있었다. 그 씹히는 맛이 좋다고 한다. 그래서 필자도 일본에서 유학할 당시 대학

---

12 今井久美雄(외), 『일본유학생활가이드』, 동아일보사, 1992년 4월. (초판 1991년 8월)

원 연구실에 있는 학생들에게 배주스를 선물해 크게 호평을 받은 기억이 있다.

근래에는 모 회사의 죽염 치약도 큰 인기를 끌고 있고, 대장금의 영향 때문인지 한방 비누나 화장품도 그 인기가 대단하다. 또한 한국의 와인(?)으로 통하는 복분자술도 인기가 상당하다는 소문이다. 다행스러운 것은 일본인이 좋아하는 오미야게가 주류를 빼고는 그 값이 그리 비싸지 않다는 것이다.

일본인이 싫어하는 '오미야게' 가운데 의외의 것이 있다. 인삼이 그것이다. 전여옥은 『일본은 없다 1』에서 아래와 같이 말한다.

> 일본에 간 지 얼마 되지 않았을 때 서점에서 어떤 한국인(오선화, 인용자)이 쓴 것 같은 책이 눈이 들어왔다. (중략) 한국 사회는 위로부터 아래까지 모조리 썩은 데 비해 일본은 사회 전체가 청렴결백하다고 칭찬하고 있다. 또 한국인들은 일본인들이 별로 좋아하지도 않는 인삼을 자신들의 판단기준에서 몸에 좋다는 이유로 일본인들에게 선물한다면서 한국인들의 자기중심주의를 비난하고 있다. 또 한국인들은 무엇이든지 다 대충대충 해버리기 때문에 한국이 발전할 수는 없을 것이라고 과감히 말하고 있다. 뿐만 아니라 한국은 한자를 전혀 쓰지 않고 한글 전용을 고집하고 있는데, 이것은 한자의 편리함과 우수성을 몰라보고 '무엇이든 자기 것이면 최고'라는 의식에서 빚어진 실수라며 많은 일본인들이 한국을 여행할 때 불편을 겪고 있다고 주장한다.

결국 일본의 '오미야게' 문화에서 '일본인은 상대방을 가볍게 여긴다'거나 '일본인은 사람을 대접할지 모른다'와 같은 느낌을 가질 필요는 없다. 그리고 우리는 상대방을 존중하는 선물 문화를 가지고 있는데 반해, 일본은 그렇지 못하다는 가치 판단은 더더욱 할 필요가 없다고 본다. 문화의 차이에 불과한 것이다.

7. 일본인은 애매모호하다

일본인과 대화를 나누다 보면 일본인이 무슨 말은 하는지 잘 모를 때가 있다. 곧 '일본인은 애매모호하게 말한다'는 느낌을 받을 때가 적지 않다는 말이다.

우선 김현구가 드는 사례부터 살펴보자. 그는 『김현구 교수의 일본 이야기』에서 일본 식문화의 하나인 '오짜즈께(お茶漬け)'에 얽힌 에피소드를 소개한다.

『일본의 이해』에는 '쿄오또의 오짜즈께' 이야기가 나온다. '오짜즈께'는 쿄오또 사람들이 먹는 식사로 준비가 거의 필요없는 가장 간단한 식사다. 일본에서는 식사 때 남의 집을 방문하는 것이 대단한 실례인데 쿄오또가 특히 심해서, 혹시 쿄오또에서 식사 때 남의 집을 방문하는 경우 주인이 간단히 오짜즈께라도 먹고 가라고 세 번쯤 권하더라도 주책없이 주저앉아서 먹어서는 안 된다는 것이다. 간단한 음식이고 세 번씩이나 권하니까 성의를 무시하는 것이 아닌가 싶어서 할 수 없이 주저앉아 먹으면 예의를 모르는 사람이라고 반드시 뒤에서 욕을 한다는 것이다. 아마 이런 문화는 세계 어느 나라 사람도 이해하기 어려울 것이다.

또한 전여옥도 『일본은 없다 1』에서 다음과 같이 말한다.

오짜즈께란 찬물에 밥을 말아 먹는 것으로 가장 간단한 일본 음식을 가리킬 때 쓰는 말이다. 우리식으로 하면 "와서 수제비라도 들어요." 하는 식의 일본 인사말이다. 왜 교토의 오짜즈께 이야기가 유명한가 하면 타지 사람들이 교토에 와서 교토 사람이 "우리 집에 와서 오짜즈께라도 들어

오짜즈께

요" 하는 말을 듣고 처음에는 사양하다 두 번째쯤 일본식으로 집에 찾아가면 뒷소리로 "아유, 낯도 두껍지." 하는 소리를 듣는 데서 나온 말이다. 그래서 교토에서는 청하면 보통 네 번째쯤에야 그 청을 받아들인다고 한다. (중략) 내가 아는 어느 신문사의 중견간부가 병아리기자 시절 홋카이도 지방에서 기자생활을 시작했는데 취재중에 친해진 사람이 집으로 청하자 교토식으로 "아, 감사합니다. 찾아뵙지요." 하고 당연히 그 초청이 인사치레인 것으로 알고 그냥 넘겼다고 한다. 그런데 다음날 초청한 사람의 화가 몹시 난 얼굴을 대하고 놀랐다는 이야기를 했다. 그는 거의 전부가 정착민인 홋카이도 지방의 툭 터놓고 지내는 인간적인 분위기가 좋아 고향을 떠나 탈교토를 선언했다고 한다.

홋카이도

아이누인

이 땅은 원래 아이누라는 원주민이 살았던 곳인데, 일본이 1869년에 개척사를 두고 홋카이도(北海道)라고 부르기 시작했다. 홋카이도의 사람들이 대체적으로 타지방 사람이나 외국인에게 개방적인 것은 이 곳에 사는 사람들도 본래 일본의 다른 지방에서 이주해 온 사람들이기 때문이다. 하지만 이런 홋카이도 사람들이지만, 러시아인에 대한 차별은 심하다. 예를 들어 러시아인을 '로스케'라고 폄하해서 부른다든지, 러시아인을 온천에서 받아주지 않는다든지 하는 경우가 그것이다. 이런 배경에는 일본과 러시아와의 북방영토 문제 등에 의해 생긴 일본인의 감정이 결부되어 있는 것 같다.

한편 '오짜즈께'와 같이 일본인이 말하는 '나루호도(なるほど=그렇지요)'나 '와까리마시따(わかりました=알겠습니다)'도 일본인은 애매모호하다는 예로써 자주 지적된다.

전여옥은 위의 책에서 '나루호도'와 관련된 에피소드를 들려준다.

아카바네에 있는 그 외교관 숙사에서는 여느 일본의 사택처럼 한 달에 한 번씩 모임이 열린다. 생활환경이 열악한 것은 누구나 느끼는 일이었고 어느 날 평소 말수가 적은 어떤 외교관 부인이 불평을 했다고 한다. (중략) 그 자리에 있던 많은 부인들은 그녀가 말하면 '아, 소우테스카(그런가요)' '나루호도(그렇지요)' 하고 맞장구를 친 것은 물론이었다. 일본인들이 상대방 앞에서 묘한 미소를 지으며 맞장구치는 것은 거의 기계적이거나 반사적으로 하는 것이기 때문에 그 맞장구를 듣는 사람은 자기와 같은 의견이거나 찬성하는 것으로 착각하게 된다는 것은 일본인은 물론이고 일본 생활에 어느 정도 익숙해진 외국인이라도 쉽게 알게 되는 현상이다.

그런데 이 에피소드에 등장하는 외교관 부인의 불평이 나중에 문제가 됐다는 것이다. 즉 그 외교관 부인이 불평을 말했을 때, '나루호도(그렇지요)'라고 말해 주었던 일본인이 사실은 그 외교관 부인의 불평에 공감하지 않았다는 것이다. 외교관 부인의 당혹감이 충분히 이해가 되는 대목이다.

김현구는 앞의 책에서 '와까리마시따(알겠습니다)'의 일화를 소개해 준다.

1970년대에 미국은 홍수처럼 밀려드는 일본의 섬유제품으로 골치를 앓고 있었다. 그래서 당시 닉슨 대통령이 사또오(佐藤) 총리와의 하와이 정상회담에서 섬유류 제품의 수출을 자제해줄 것을 요청했고 이에 대해서 사또오 총리는 "와까리마시따(알겠습니다)" 하고 대답했다. 그 후 닉슨 대통령은 일본이 섬유류 수출을 자제해주기를 기다리고 있었지만 일본측에서는 전혀 그런 기색을 보이지 않았다. 이에 화가 난 미국이 일본에 약속이행을 촉구하고 나서자 일본은 "와까리마시따"라고 했지 섬유류 수출을 자제하겠다고 약속한 일은 없다고 대답했다는 것이다.

사또오 총리에 대한 닉슨 대통령의 당혹감도 충분히 이해가 간다. 그래서 미국인도 일본인은 '애매모호하다'·'일본인은 믿을 수 없다' 고 말하는 지도 모른다.

사실 일본어의 '나루호도(그렇지요)'는 상대방의 의견에 찬성해서 말 하는 경우도 있다. 하지만 이 말에는 '찬성은 하지 않지만 여하튼 당신 이 말하는 것은 알겠다'는 뉘앙스도 포함되어 있다. 이런 것은 '와까리 마시따(알겠습니다)'도 마찬가지다. 많은 한국인과 미국인이 이것을 모 른다.

결국 '오짜즈께'에 얽힌 일화를 예로 하여, 우리는 '아마 이런 문화 는 세계 어느 나라에서도 이해하기 어려울 것이다'라고 말하거나, '인 간적인 분위기'가 나지 않는다고 말한다. 하지만 이런 지적은 일본과 달리 우리 문화가 '인간적인 분위기'란 것을 전제할 때에만 가능한 것 이 아닐까? 또한 우리는 '나루호도'와 '와까리마시따'에 얽힌 일화를 통해 일본인은 '애매모호하다'·'일본인은 믿을 수 없다'고 지적한다. 이런 지적에도 우리는 솔직한데, 일본인은 그렇지 못하다는 인식이 놓 여 있는 것은 아닐까.

지금까지 살펴본 '오짜즈께'에 대한 우리들의 부정적인 가치판단은, 결국 우리 문화에 대한 긍정적인 가치판단이 전제되지 않고서는 성립 할 수 없다. 또한 '나루호도'와 '와까리마시따'에 대한 우리의 오해는 일본의 언어문화에 관한 이해 부족에서 비롯되었다.

8. 일본인은 재일교포를 차별한다

일본인이 재일교포를 차별한다는 것은 우리에게 비교적 잘 알려져 있다. 그런데 일본에서 차별받는 사람들은 재일교포만이 아니다. 오키나와(沖縄) 사람과 부락민 곧 천민 출신 집단은 지금도 여러 가지 면에서 차별을 받고 있다.

시마자키 도손의 『파계』

시마자키 도손(島崎藤村)의 『파계(破戒)』(1906년)라는 소설이 있다. 이것은 부락민의 문제를 다룬 소설이다. 즉 주인공인 우시마쓰(丑松)는 초등학교 교사인데, 아버지로부터 절대로 자신의 출신 곧 부락민 출신이라는 것을 밝히지 말라는 유언을 듣는다. 하지만 그는 고뇌에 고뇌를 거듭하다가 자신의 출신을 밝히고는 미국으로 떠나게 된다. 이 소설의 한국어 번역서로는 노영희 등의 번역서가 있다.

『파계』

여기에 대해 김현구는 『김현구 교수의 일본이야기』에서 다음과 같이 서술한다.

와세다대학 근처에 4인용 식탁을 네댓 개 놓고 하마찌(방어)회를 곁들인 정식을 잘하는 '하마찌야'라는 음식점에서 생긴 일이다. (중략) 그런데 처음에는 잘 느끼지 못했는데 나만 가면 그 주인이 입가에 묘한 웃음을 띠면서 반말투로 "나 한국에 가봤다" "김대중을 아느냐"는 등의 말을 해대며 영 사람의 기분을 잡치게 했다. 대개 일본에서는 손님을 하늘처럼 떠받드는데 단지 내가 한국인이라는 이유 하나만으로 은근히 나를 무시하는 것이었다. 뭐 자랑할 만한 것이라도 좀 있는 사람이라면 그래도 봐주겠는데 손바닥만한 구멍가게 주인 녀석이 은근히 무시하고 나오는 데 분통이 터질 노릇이었다. (중략) 일본의 일류대학에 국비장학금을 받고 다니는 비교적 좋은 외적 조건을 가지고 공부를 해도 그런데 재일교포나 오끼나와(원래는 류우꾸우라는 독립국이었으나 1867년 메이지 유신 이후 일본에 통합되었다) 사람, 부락(신분·사회적으로 심한 차별을 받는 사람들이 집단적으로 사는 지역)민 들은 얼마나 가슴 아픈 일을 많이 당할까.

오키나와 문제

오키나와는 예전에 류큐(琉球)라고 불렸다. 조선과도 밀접한 교류가 있었다고 한다. 그래서 그런지 홍길동이 이곳으로 도망갔다는 전설이 있을 정도이다. 또한 시장에 가면 우리나라처럼 돼지머리를 놓고 파는 가게도 있다고 한다. 그러던 류큐는 일본 규슈(九州)의 사쓰마번(薩摩藩)의 지배를 받다가, 명치유신(明治維新) 이후 완전히 일본에 편입되게 된다. 오키나와가 현재 많은 사람들에게 회자되는 것은 태평양전쟁 때 일본군이 미군과 직접 전투를 벌인 곳이 일본에서는 바로 이곳이기 때문이다. 그리고 그때 '옥쇄(玉碎)'라는 명분하에 민간인의 희생이 많았기 때문이다. 오키나와는 한때 미국이 점령했는데 1972년에 일본으로 반환되었다. 하지만 일본에 있는 미군기지의 대부분이 오키나와에 있어서 그런지 늘 미군 범죄가 끊이지 않는다.

이들 가운데 재일교포에 대해 좀 더 자세히 살펴보자. 전여옥은 『일본은 없다 1』에서 재일교포들이 연예계와 스포츠계로 많이 진출하는 것은 재일교포에 대한 일본 사회의 차별 때문이라고 말한다.

재일교포들이 흔히 하는 말로 일본의 연예계와 스포츠계의 톱스타 가운데 약 70퍼센트가 한국인이라는 말을 한다. 처음에는 의아하게 생각했지만 일본에서 생활하며 차근차근 살펴보니 정말로 그랬다. 아마도 그것은 재일교포로서 아무리 좋은 학교를 나오고 아무리 뛰어난 실력을 갖춘다 해도 일본 사회 속으로 들어간다는 것은 하늘의 별따기만큼이나 어려운 현실에서 어쨌든 일단은 들어갈 수 있는 곳이 연예계와 스포츠계라는 것은 수긍이 갔다. (중략) 또 80년대 다나카 가쿠에이 전 일본 수상과 더불어 일본의 2대 인물로 손꼽히는 야마구치 모모에(山口百惠)도 한국계다. 물론 텔레비전이나 영화에서 '참 멋지구나' 하는 생각이 드는 미인 여배우들은 다 한국계라고 생각하면 될 정도이다.

계속해서 그는 같은 책에서 일본 사회 내에서의 차별을 피하기 위해 '귀화'라는 수단을 취할 수밖에 없는 재일교포의 안타까운 현실을 우리에게 전해 준다.

현재 재일동포의 숫자는 약 68만 명으로 집계되고 있다. 그런데 이 숫자는 지난 30년 동안 변함이 없는 것이다. 즉 재일동포들 가운데 많은 이들이 일본인이 되어가고 있다는 이야기이다. 일본인으로 귀화해 일본 사람이 되어버리고 있다. 이것은 물론 일본 정부의 은근하고도 끈질긴 동화정책의 결과이다. 한국

국적을 갖고서는 번듯한 직장 갖기는 불가능한 일이고 또 직장을 천신만고 끝에 잡았다 하더라도 귀화할 것을 요구하고 있기 때문이다. 우리 정부 역시 재일동포에 대해 일종의 방관 또는 포기상태이다. 내가 만난 한 고위급 외교관은 우리 정부의 재일교포에 대한 정책은 한마디로 재일동포들이 살기 편한 곳에 자유롭게 살도록 하는 것이라고 말했다. 즉 재일교포를 한국 국민으로 품어 안는 것이 아니라 그냥 내버려두는 것이라는 이야기이다.

특히 위의 인용문 중에서 후반부에 속하는 "내가 만난 한 고위급 외교관은 (중략) 이야기이다."라는 부분은 우리에게 많은 자성을 요구한다.

귀화의 실태

정경모는 『일본의 본질을 묻는다』(창작과 비평사, 1988년 9월)에서 재일교포 김명관의 말을 인용하면서 귀화의 의미를 우리에게 알려 준다. 김명관의 말을 직접 들어 보자. "귀화는 비굴한 자기 부정이요, 이중의 굴욕이다. 내 형도 귀화했지만 자기가 한국인이었음을 필사적으로 감추고 형제나 육친들과조차 상종을 끊으려고 한다. 그것이 귀화의 실태이다."

우리는 일본 사회 내에서의 '재일교포의 차별'을 이야기하지만, 과연 우리는 그들에 대해 얼마나 잘 알고 있고, 또한 알려고 노력했을까?
재일교포 3세인 신순옥의 말을 들어 보자.

그는 『재일조선인의 가슴속』에서 한국인이 던지는 황당한 말의 사례로, 다음과 같은 것들을 제시한다. 귀담아 들어 보자.

✔ "아이고, 그것도 몰라?"(여기저기서)

한국문화를 모르는 2급 한국인이라고 말하고
싶은 듯이 던지는 말. '당신은 재일조선인의
문화에 대해서 뭘 하나 알기라도 합니까?' 라고
되묻고 싶어졌다.

『재일조선인의 가슴속』

✔ "어디가 한국 사람이라는 거야?"(여기저기서)

한국어가 서툰 재일조선인에게 뱉는 비아냥. 나는 한국인이 아닙니다.
재일조선인입니다.

✔ "재일교포는 왜 재미교포같이 한국말을 못하지?"(여기저기서)

재미동포 2세, 3세도 한국어를 완벽하게 하는 사람은 적은 것으로 알
고 있다. 여하튼, 한국 정부가 재일동포가 민족교육을 받을 수 있도록
얼마나 지원해 왔는지 묻고 싶다. 조선인이라는 사실조차 부정되어 온
역사 속에서 어떻게 모국어를 습득하는지에 대해 생각해 본 적도 없지
않은가.[13]

　재일교포를 잘 모르고 있는 우리에 대한 신순옥의 섭섭함이 절절히
느껴진다.
　계속해서 그는 한국인이 던지는 황당한 말의 사례로 아래와 같은
것들도 들려 준다.

---

13 신순옥, 『재일조선인의 가슴속』, 십년후, 2003년 5월.

✓ "어디서 왔어?"(여기저기서)

한국어 억양이 안 좋을 때 듣는 말이다. '하늘에서 왔어요'라고 대답한다.

✓ "돈 많잖아요"(한국경찰)

한국에서 교통사고를 당했을 때, 경찰이 가해자를 그냥 놔주었다. '왜 안 잡아요?'라고 따졌더니 '재일교포는 부자잖아. 치료비 낼 돈은 있을 거 아니야'라고 한다. 말도 안 된다고 말하니까 '그럼, 당신이 범인 데리고 오면 잡아주지'란다.

✓ "일본 돈으로 ○○엔이잖소"(장사하는 사람)

물건을 살 때, 택시에서 내릴 때, 꼭 이런 소릴 듣는다. '일본의 10분의 1인데 그렇게 인색하게 구나?'하는 투다. 재일조선인은 풍요로운 일본에서 편하게 살고 있다는 선입견이 들어있다.

✓ "교포죠? 저 일본말 공부하고 있어요"(젊은이들)

일본어를 공부하기 위해서 다가오는 속이 뻔히 보이는 사람들이 있다. 예전에 백인을 보면 영어를 배우려고 친구하자고 접근해오는 사람들과 같은 사람들이다. 상대에게는 실례인 걸 모르는지.

한편 우리는 신순옥으로 대표되는 재일교포를 황당하게 할 뿐만 아니라 화나게도 하는 것 같다. 그는 같은 책에서 그를 화나게 하는 에피소드로 적지 않은 예를 제시한다. 좀 길지만 하나하나 살펴보자. 반성하면서 말이다.

✓ "한국말 어디서 배웠어요?"(여기저기서)

한국말을 좀 하면 반드시 이런 질문을 받게 된다. 한국어가 가능한 사람은 총련계가 많으므로 가까이 지내서는 좋을 게 없다고 생각하니까 확인하려 묻는 경우가 많다. 총련이 민족교육에 열심이었기 때문에, 한국어가 가능한 재일조선인을 경계하는 것이다. 한 번은 '조선학교'에서 배웠다고 했더니, 바로 눈앞에서 상대방 안색이 싹 변하더니 이후 연락이 두절된 적도 있었다. 그런 사람들이 한 두 명이 아니다. 셀 수 없을 정도로 많았다. 이런 사람일수록 또 한국어를 못하는 재일조선인을 바보 취급한다.

✓ "국적은 어디예요?"(여기저기서)

앞의 질문과 항상 같이 따라다니는 질문. '조선학교가 아닌 곳에서 공부했다'고 대답하면 다음에 꼭 이 질문을 한다. 재차 확인하려는 것이다. 요즘에는 '어떻게 말하면 마음에 들겠어요?'라고 되묻는다. 그러면 상대는 '어어'하면서 깜짝 놀란다. 사람을 시험하는 질문은 정말로 불쾌하다.

✓ "온천 같이 들어간다면서?"(한국 공안 관계자 등)

특히 낄낄대고 웃으면서 묻는 데에는 화가 난다. 일본의 성문화가 문란하다는 뜻으로 말하는 경우가 종종 있다. 그때마다 '당신과 같이 들어갈 사람은 없을 거예요'라고 대답해 준다.

✔ **"내 세컨드가 되시오"**(한국의 정치가)

'결혼한다 해도 상대가 일본인이 될지 어떤 나라의 사람이 될지 모르 겠다'는 등의 대화 중에 튀어나온 말. 그 사람은 '일본인과 결혼하느니 내 세컨드가 되라'는 애기를 하고 싶었던 것 같다. 순간적으로 폭발했 다. 여자가 무슨 전리품인가. '세상에 남자가 당신만 남는다 해도 난 당신하고는 싫소'라고 대답해주었다.

✔ **"여기는 한국이요"**(입국 심사나 여기저기서)

좀 의견을 애기할라치면 무조건 한국에서는 한국 방식에 따르라고 한 다. 아무리 한국이라 해도 이상한 건 이상하다고 말해야 하지 않은가. '뭐든지 일본식으로 하려 한다'며 역정을 내는 사람이 있다. 말해두지 만 그건 일본식이 아니다. 내 식이다.

✔ **"나쁜 놈"**(젊은 세대)

일본에 대해서 감정적으로 말할 때 잘 뱉는 말. 재일조선인이 '일본은 혹독하다'라고 말하는 것은 실제 체험에서 우러나는 말이다. 그런데 지금의 한국 젊은 사람들은 도대체 얼마나 피해를 입었다고 그러는지. 일본제품을 사고 싶어서 안달하고, 식민지 시대의 한국내 피해자를 구 하려고도 하지 않는 젊은이들이 일본에 대해 욕하는 것을 들으면 말할 수 없이 한심한 생각이 들며 화가 난다.

✔ **"일본 이름 있지요?"**(일본어 학원 경영자)

재일조선인 유학생이 일본어 학원에서 아르바이트를 하려고 하면, 민족이름이 아닌 일본이름을 사용할 것을 요구 당한다. '일본인' 선생님이 가르치는 것이 홍보하기도 좋기 때문이란다. 그렇다면 '너희들도 너희 할아버지 할머니한테 물어봐서 과거의 창씨개명 때의 이름을 써 봐라'라고 말해주고 싶다.

한편 신순옥의 비판은 재일교포들에게도 향하고 있다. 그에게 다음과 같은 사례는 재일교포가 그를 화나게 한다고 한다. 같은 책에서 인용한다.

✓ "이젠 일본에 차별은 없습니다"(김희로 여동생)

그 사람 입에서 그런 말을 나오게 하는 일본 사회의 잔혹함을 나는 느낀다. 김희로 씨가 호소했던 '경찰의 부패와 차별구조'는 이 30년 동안 얼마나 바뀌었던가. 가나가와현 경찰에서는 '증거인멸', '부녀자 폭행', '절도와 강간', '직권남용', '각성제 사용' 등 문제가 끊이질 않고 있지 않은가. 이것으로 나아졌다는 말이라면 옛날에는 더 지독했다는 얘기다. 또 이 같은 말을 돈 많은 재일동포 젊은 세대들로부터 듣기도 한다. 차별이 보이지 않게 된 부분도 있고, 분명 제도로써 해소된 부분도 있다. 하지만 경제력이 차별을 보이지 않게 하고 있다는 현실을 깨달아야 할 것이다. 그럼에도, 이런 젊은이들에 한해서 별것 아닌 사소한 차별을 당하면 해외로 도망가 버리고, 또 한국에서는 한국인을 바보 취급한다.

김희로 사건

1928년생인 재일동포 김(권)희로는 1968년에 야쿠자 2명과 말다툼을 하다가 그들을 살해하게 된다. 도주한 그는 온천 여관에서 88시간 동안 투숙객을 인질로 삼는다. 그리고는 살인 동기가 한국인에 대한 차별 때문이었다고 말하면서, 일본 내의 차별에 대해 고발한다. 그 후 이 사건을 테마로 한 <김의 전쟁>이라는 영상물이 한국과 일본에서 각각 제작되기도 했다.

동경(東京)경제대학교 교수로 있는 서경식은 한국의 신문지면 등을 통해 스스로를 한국인도 아니고 일본인도 아닌 경계인이라고 규정한다. 어쩌면 이것이 재일교포가 가지고 있는 아이텐티티를 가장 적절하게 말하고 있는 지도 모른다.

재일교포에 대한 일본 사회의 차별을 말할 때, 그것과 동시에 우리는 재일교포에 대해 어떻게 대해 왔는지도 반성해야 할 것이

서경식(저), 임성모(역),
『난민과국민사이』
(돌베개, 2006년)

다. 더 나아가 우리는 한국 사회에 있는 외국인, 특히 동남아 외국인들을 차별하지는 않는지 되돌아봐야 하지 않을까? 그렇지 않고는 일본 사회 내의 차별에 대해 '우리는 그렇지 않다'고 말할 수 없을 것이다. 나아가 일본 사회의 차별에 대해 비판할 근거도 잃어버리게 되는 것이다.

'자이니치'

『재일 강상중』

한승동은 '자이니치'에 대해 다음과 같이 정의 한다. '자이니치'란 일본에 있다는 의미인 '재일 (在日)'의 일본식 발음이며, 일본에 체류하는 외국 인을 가리키나 통상 그 외국인의 다수를 차지하 는 조선인 출신 영주자들을 지칭하는 말로 자리 잡았다. (한겨레신문, 2006년 10월 10일 자) 또한 2004 년에는 '자이니치'에 관한 책으로 재일동포이면서 대학교수로 있는 강상 중의 『재일 강상중』(삶과꿈, 2004년 11월)이 번역·출판되었다.

제 3 장

'일본문화'

1. 집

일본에서 체류할 때 가장 큰 문제 중의 하나는 방을 구하는 것이다. 여기서는 일본에서의 '방 구하기'를 살펴본다. 일본 집문화의 특징과 일본 사회에서의 차별 그리고 그들의 집문화와 우리의 집문화 차이를 자연스럽게 알게 될 것이다.

일본 주택은 크게 아파트, 시(도)영 주택, 맨션으로 나눌 수 있다. 일본은 지진이 자주 발생하고 여름에 습도가 높고 더운 관계로 '목조'아파트가 상당히 많이 보급되어 있다. 목조 아파트는 높아야 보통 2~3층으로 되어 있는데, 문제는 목조로 된 아파트는 지진으로 인해 발생하는 화재에 치명적으로 약하다는 것이다.

또한 목조 아파트는 프라이버시를 지키기 힘들다. 김현구는 『김현구 교수의 일본이야기』에서 그 사정을 다음과 같이 전한다.

일본식 목조 아파트

날씨는 무덥고 습기는 많기 때문에 가옥구조도 벽이 얇게 되어 있어서 옆집 아파트―일본에서 말하는 아파트는 우리나라의 연립주택과 같은 것이고 우리나라의 아파트는 일본에서는 맨션이라고 한다―나 옆방에서 속삭이는 소리까지 다 들린다.

시영(市營) 주택은 시(市)가 관리하고, 도영(道營)주택은 도(道)가 관리한다. 외관상 시(도)영 주택이 우리식 '아파트'에 해당한다. 여기에는 주로 생계가 어려운 사람들이 들어간다. 유학생도 이곳에 입주할 수 있다. 수입이 없는 계층에 포함되기 때문이다. 하지만 월세도 저렴해서 많은 유학생이 입주를 희망하지만, 보통 가족이 있는 유학생만이 들어갈 수 있다.

목조 아파트와 시(도)영 주택이 주로 서민이 사는 곳이라면, 맨션은 비교적 경제적으로 여유 있는 계층이 사는 곳이다. 고층인 경우도 적지 않다. 그렇지만 맨션 내에 큰 놀이터가 있다든지 유치원이나 병원 등이 있는 경우는 그리 흔하지 않다.

집의 내부구조에서 주목할 만한 것은 나무로 된 골격에 두꺼운 종이를 바른 문인 후스마(襖)와 창호지 문인 쇼지(障子), 그리고 다다미(畳)가 있다는 것이다.

(왼쪽) 후스마, (위) 쇼지

'후스마'는 공간과 공간을 임시로 구분한 것이다. 연회와 같이 넓은 공간이 필요할 때에는 각각의 '후스마'를 걷어 내면 일시에 넓은 공간을 얻을 수 있다. '다다미'는 우리에게도 잘 알려진 것인데, 덥고 습한 여름을 나기 위해 고안된 것으로 보인다. '다다미'가 깔린 방을 보통

'다다미방'이라고 하는데, 여기서는 '다다미'의 독특한 냄새를 맡을 수 있다.

부동산중개소

방을 빌릴 경우, 우리나라의 독특한 제도인 '전세'가 일본에는 없다. 모두 '월세'다. '월세방'을 구할 때에는 중개업소에는 중개수수료를, 집주인에게는 월세 한 달치를 미리 주어야 한다. 그뿐만 아니라 집주인에게는 보통 보증금인 '시키킹(敷金)'과 방을 빌려 준 사례금인 '레이킹(礼金)'도 지불해야 한다. 일반적으로 '시키킹'과 '레이킹'으로 방 값의 몇 달치를 지불해야 하는데, 그 금액은 지방에 따라 지역에 따라 각각 다르다. 많게는 월세의 5~6개월치를 지불하는 경우도 생긴다. 단 방이 허름하거나 하여 인기가 없는 경우는 '시키킹'과 '레이킹'이 없을 수도 있다.

보증금인 '시키킹'은 이사를 갈 때 받을 수 있으나 세입자가 미리 납입한다. 전액을 그대로 돌려받는 경우는 거의 없다. 청소비 등을 공제하고 받기 때문이다. 사례금인 '레이킹'은 말 그대로 집주인에게 집을 빌려 준 사례로 건네는 것이기에 돌려받을 수 없다. 따라서 일본에서는 예로부터 이사를 자주 하면 가난해진다는 말이 있을 정도이다.

그런데 일본에서 외국인이 방 구하기가 어려운 것은 잘 알려져 있

다. 외국인 특히 아시아 사람을 꺼리는 이유는 여러 가지가 있지만 집
주인의 말에 의하면 트러블이 발생했을 때 의사소통이 되지 않아서라
고 한다. 그러나 정확한 통계를 가지고 있지 않지만 동양인보다 서양
에서 온 백인에 대해서는 상대적으로 관대한 것을 보면, 집주인의 말
을 곧이곧대로 믿기는 어려울 것 같다.

그러면 지금부터 구체적인 사례를 살펴보자. 전여옥은 『일본은 없
다 1』에서 다음과 같이 말한다.

> 집도 구하지 못한 채 깨질 대로 깨진 참담한 상태로 집에 돌아온 내게
> 유학을 하고 있는 친구로부터 전화가 왔다. "그 정도 가지고 뭘 그러니. 여기
> 유학생들은 수십 번 퇴짜맞는 것은 기본이야. 심지어 일본 정부가 주는 장학
> 금을 받고 온 애들도 이를 부드득 갈면서 철저한 반일주의자가 되어서 돌아
> 간다는 사실도 모르니?" (중략) 한국 특파원단들도 그랬다. 자신들의 회사
> 와 자매계약을 맺고 있는 일본의 유수한 신문사의 간부가 보증을 서준다
> 해도 잘해야 10번 만에, 심하면 26번이나 거절을 당하고 집을 구한 사람도
> 있었다. 함부로 이사가는 것이 아니라는 말의 뜻을 비로소 알게 되었다.

또한 김현구도 『김현구 교수의 일본이야기』에서 부동산 중개소의
차별을 고발한다.

> 토오꾜오대학에 와 있던 후배에게 방을 얻어주던 일이 떠올랐다. (중략)
> 내가 유학을 권했기 때문에 그 후배가 방을 구하는데도 자연히 함께 따라다
> 녔다. 그런데 복덕방에 찾아가서 토오꾜오대학에 유학 온 사람인데 방을

구하려고 한다니까 복덕방 주인은 대단한 사람이라도 온 것처럼 벌떡 일어나더니 친절하게 설명을 해주는 것이었다. 좀 언짢았다. (중략) 사실 일본사람들한데는 토오꾜오대학이 대단한 학교이고 와세다대학과 차이가 있지만, 유학생의 경우는 자기가 어느 대학을 선택하느냐의 문제이지 토오꾜오대학이 특별히 들어가기 어렵고 와세다대학이라고 해서 더 쉬운 것도 아니다. 그런데 복덕방에서는 완전히 대접이 다른 것이다. 뜻밖의 곳에서 토오꾜오대학과 와세다대학의 차별을 받고 나니까 별로 이름없는 대학에서 공부하는 유학생들이 "방을 안 주려고 해서 애를 먹었다"고 불평하던 이야기가 설마 하면서 예사롭게 들어넘긴 것이 비로소 가슴에 와닿았다.

전여옥이나 김현구가 위의 사례를 통해 말하고자 하는 것은 단순히 일본에서 외국인이 방을 구하기 어렵다는 것이 아니라, 일본에서의 '방 구하기'를 통해 일본 사회의 차별을 고발하고 있는 것이다.

일본에 있을 때 전여옥은 일본인 보증인이 있어 무사히 방을 계약하게 됐는데, 그 보증인이 갑자기 해외로 나가는 바람에 뜻하지 않은 일을 당했다고 한다. 즉 담당자는 갑자기 태도를 바꾸어서 계약한 방을 빌려줄 수 없다는 것이었다. 이에 전여옥은 지배인을 불러달라고 하며 그에게 항의했고, 지배인의 개입으로 담당자의 태도가 일변했다고 한다. 전여옥의 증언을 들어보자.

내가 언성을 높여 이야기하자 지배인이 그녀에게 말했다. "잘못했다고 비시오." 그러자 참으로 놀랍게도 그녀는 단 일 초의 망설임이나 거부의 몸짓도 없이 내게 머리를 조아리며 말했다. "손님, 제가 잘못했으니 용서해

주십시오." 마치 자동판매기처럼 기계적으로 순간적으로 준비된 것처럼 나오는 그녀의 인사말에 나는 가벼운 현기증을 느꼈다. 아 이런 거였구나. 일본인이 사과하고 사죄한다는 것은 정말로 아무것도 아닌거였구나. (중략) 강자에게 약하고 약자에게 강한 사람들, 절대로 과거를 반성하지 않는 사람들. 언제고 우리를 다시 지배하고자 하는 속성을 지닌 사람들이 바로 일본인이다.

그러면서 일본 사회의 차별과 함께 일본인이 약자에는 강하나, 강자에는 약하다고 일본인을 비판한다. 그러면서 그는 같은 책에서 다음과 같이 지적한다.

나는 한국에서 '당신이 쪽바리라서 집을 빌려줄 수 없소'라는 말을 들었다는 일본인을 단 한 사람도 만나본 적이 없다.

전여옥은 일본 사회의 차별을 강하게 비판하면서 우리 사회는 그렇지 않다고 주장한다. 즉 여기서 우리는 적어도 외국인이 방 빌릴 때 한국은 일본처럼 차별을 하지 않는다는 전여옥의 자부심을 읽을 수 있다.

다음으로 일본인은 좁은 집에서 사는 것으로도 잘 알려져 있다. 김현구는 같은 책에서 어떤 한국 교수가 경험한 사례를 소개한다.

지금은 정년퇴직한 선배 교수가 어느 날 나를 보시더니 "김교수, 일본 사람들 사는 게 형편없어. 얼마 전에 일본에 갔다 왔는데 잘 아는 토오꾜오 대학교수 집에 초대를 받아서 가봤더니 집이 게딱지만 해. 그래서 말이야

이번에 그 교수가 한국에 왔기에 우리 집에 초대했더니 깜짝 놀라면서 한국에서는 대학교수가 이렇게 잘사는냐고 하지 뭐야" 하면서 의기양양해 하셨다. 요는 자기가 토오꾜오대학 교수보다 훨씬 잘 산다는 것이다. 또 어느 국영기업체 부장으로 근무하고 있는 후배 한 사람도 어느 날 일본 이야기가 나오자 "나와 같은 부장급인 일본 사람을 하나 알고 있는데 나보다 훨씬 못삽디다"라고 말하면서 우리나라가 오히려 일본보다 잘 사는 게 아니냐 하는 것이었다.

서양인은 일본인이 사는 집을 '토끼집(rabbit hatch)'과 같다고 표현했다. 한마디로 작고 더럽다는 것이다. 따라서 위의 에피소드에서 일본 대학교수의 집과 부장급인 일본인의 집을 방문했던 '어떤 교수'와 '어떤 국영기업체 부장'은, 일본인의 집은 역시 '토끼집'이라는 것을 실제로 경험했다는 것이다.

일본의 주택 사정 등에 대한 자세한 고찰은 이 책의 목적이 아니다. 따라서 왜 그들이 우리가 생각하는 것보다 '열악한(?)' 주거 환경에서 사는가는 문제로 삼지 않겠다. 여기서 지적하고 싶은 것은 '어떤 교수'와 '어떤 국영기업체 부장'이 느꼈던 의식, 예컨대 한국의 대학교수가 일본의 대학교수보다 넓은 집에 산다는 놀라움 혹은 우월의식이다. 이런 우월의식은 뒤집어서 말하면 우리가 경제적으로 일본보다 잘 살지 못한다는 전제가 없으면 나오기 힘든 의식이 아닐까.

2. 목욕

일본인이 온천을 즐긴다는 것은 우리에게 비교적 잘 알려져 있다. 그리고 일본에는 남녀가 함께 들어가는 혼탕 문화나 야외에서 목욕하는 노천탕 문화가 있다는 것도 잘 알려진 사실이다. 이런 일본의 온천 문화를 포함한 일본의 목욕 문화에 대해 우리는 어떤 생각을 가지고 있을까?

혼탕 문화에 대해 김현구는 『김현구 교수의 일본이야기』에서 재미있는 에피소드를 들려준다.

사실 원래 에도시대의 공중목욕탕이 남녀 혼탕이었다는 사실을 알면 남자들이 여자들의 알몸을 보는 것쯤은 별로 이상한 일도 아니다. 혼탕은 아직도 도처에 남아 있고 '로뗀부로(露天風呂)'라고 해서 흐르는 온천수에서 남녀가 함께 목욕을 하는 것도 별로 이상한 일이 아니다. 유학 시절 정치학을 전공하는 여장부 후배가 있었다. 어쩌다가 일본의 혼탕 이야기가 나오자 그 여학생이 "선배님 저도 혼탕 한번 했심더" 하는 것이었다. "네가 여장부인 줄은 알지만 어떻게 혼탕에를 다 가봤느냐?" 하고 물었더니 "그런 게 아니고 이번 여행중에 투숙하고 있는 호텔에 목욕을 하려고 일층에 있는 공중탕에 들어갔더니 아 글쎄 남자들만 우글우글한 거예요. 깜짝 놀라 되돌아 나와서 입구의 글씨를 암만 봐도 틀림없이 '여탕'이라고 씌어 있는데 말이에요. 그래서 잘 생각해보니까 서로 반대편 입구에만 '여탕' '남탕'이라고 따로 써놓았지 탕은 하나더라고요.

남탕 입구   여탕 입구

하지만 우리의 상상(?)과는 달리 혼탕에 들어가도 수증기 때문에 일
반적으로 자기 바로 앞만 겨우 보일 정도다. 또한 타월 등으로 가릴
곳은 가리며, 수영복을 입고 들어가기도 한다. 그리고 혼탕을 주로 이
용하는 것은 주로 나이 드신 분들이 많다.

필자는 온천을 즐기는 편은 아니지만 본의 아니게 일본에 갈 때마
다 온천을 가게 된다. 따라서 혼탕이 있는 온천도 가 본 적이 있다. 그
런데 그 '혼탕'이라는 것은 연인이나 부부 혹은 가족만이 함께 쓰는
'혼탕'이 대부분이었다. 물론 그렇지 않은 곳도 있겠지만.

우리의 목욕 문화와 일본의 그것이 다르기에 여러 가지 에피소드가 나
오게 되는데, 김현구과 전여옥이 경험한 사례를 좀 더 구체적으로 살펴
보자.

김현구는 같은 책에서 일본 대중목욕탕에 얽힌 에피소드를 다음과
같이 전해 준다.

일본 사람들은 습기가 많고 무덥다 보니 몸을 안 가리게 되고, 몸을 안

가리다 보니 남에게 알몸을 보이는 것도 그렇게 부끄럽게 생각하지 않는다. 센또오(錢湯, 일본의 공중목욕탕)에 가보면 남탕에 여자 종업원들이 들어와서 돌아다니는 것은 물론이고 여탕에 남자 종업원들이 들어와서 돌아다니는 것도 보통이다. 한국에서는 남탕과 여탕은 관리하는 사람이 남녀 각각 따로 있는 데 반해서 일본에서는 보통 남탕과 여탕 가운데 한 사람이 앉아서 양쪽 일을 다 하고 있어서 어떤 때는 남자가 앉아서 여자들이 탕에 들락거리는 것을 다 보고 있다. 이러니 한국 유학생이나 상사원의 부인들이 처음 센또오에 갔다 기절초풍을 하는 것도 당연하다.

전여옥도『일본은 없다 1』에서 목욕탕과 헬스클럽을 비교하면서 다음과 같은 일화를 소개한다. 그의 성격을 엿볼 수 있는 대목이다.

목욕은 일본인에게 그 자체가 문화이자 삶의 중심이다. 매일 하는 목욕부터 일본인들이 가장 좋아하는 온천여관의 목욕까지 일본의 생활과 떼려야 뗄 수 없는 관계이다. (중략) 내가 다니던 헬스클럽에서 또 의외의 경험을 했다. (중략) 일본 여자들은 대개 커다란 목욕타월을 몸에 감고 조심스럽게 오거나 가운을 입고 샤워룸에 들어가는 것이었다. 나는 정말로 알 수가 없었다. 목욕탕 기사 앞에서는 아무렇지도 않게 알몸으로 이야기를 잘하더니 아니, 남자도 없는 헬스클럽에서는 내숭을 떨고 '도대체'하는 생각이 들었다. 목욕탕과 헬스클럽. 그렇게 큰 차이가 있나 싶었다. 얼마 뒤에 잘 아는 일본인 친구에게 물으니 목욕탕에서의 일본인과 헬스크럽의 일본인은 다르다고 했다. 락카룸에서 샤워실까지 가는 것은 공중의 시야 속에서 있는 것이고 목욕탕은 완전히 개방된 장소라는 것이다. 남녀에 관계없이…… 참으로

재미있는 해석이었다. 우리와는 정반대다. 그러나 나는 그뒤에도 헬스크럽
의 락커룸을 알몸으로 활보했다.

그런데 일본에서는 왜 목욕 문화가 발달하게 되었을까? 김현구는
일본의 기후를 지목한다. 같은 책에서

이불을 말리는 광경

이 찜찜한 무더위 때문에 일본에
서는 낮에 땀을 흘리면 옷이 몸에 척
척 감길 뿐만 아니라, 저녁때가 되어
도 땀이 증발하지 않고 그대로 몸에
남아 있어서 샤워를 하지 않고 그대
로 이불 속에 들어가면 이불이 몸에
쩍쩍 들러붙어서 그대로는 도저히 잠
을 잘 수가 없을 만큼 기분이 나쁘다. 그래서 일본 사람들은 날마다 목욕을
하고 날만 개면 습해진 이불이나 옷가지를 꺼내서 햇볕에 말리느라 집집마
다 내다 건 옷가지나 이불로 난리가 나는 것이다. 에도시대에 이미 공중목욕
탕이 생긴 것도 이러한 이유 때문이다.

고 말한다. 필자도 일본에서 유학했을 때 옷가지를 말리는 장면을 자
주 목격했는데, 처음 봤을 때는 마치 모든 집이 수해를 입은 듯한 느낌
을 받았다.

또한 어렸을 때 이런 말을 자주 들었다. "일본인은 아이를 강하게
키우기 위해 겨울에도 반바지를 입힌다." 정말 그럴까?

김현구는 같은 책에서 일본의 기후에 대해 다음과 같이 서술한다.

    일본은 남북으로 길게 뻗어 있는 열도인데, 태평양 연안 쪽에는 북상하는 따뜻한 일본 해류(일명 쿠로시오)와 남하하는 차가운 센지마 해류(일명 오야시오)가, 서해안(우리의 동해 쪽)에는 북상하는 따뜻한 쓰시마 해류와 남하하는 차가운 리만 해류가 서로 교차하면서 지나가고 있어서 그 한가운데에 있는 일본 열도는 마치 한증탕속에 있는 것 같다. 그래서 겨울에도 온난한 날씨이지만 특히 여름에는 습기가 많은 무더위로 유명하다.

『일본사회개설』

    요컨대 일본의 동경(東京)은 서울보다 위도가 낮기 때문에 한겨울에도 웬만해선 기온이 영하로 떨어지지 않는다. 꽤 포근한 것이다.

    한편 일본의 기후는 남북과 동서에 따라 크게 다르다. 특히 일본은 남북으로 긴 열도이기에 한겨울에도 최북단과 최남단은 10도 이상의 차이를 보이기도 한다.

    한영혜는 『일본사회개설』에서 일본의 남북과 동서의 기후를 아래와 같이 자세히 설명한다. 좀 길지만 차례대로 살펴보자. 우리가 잘 몰랐던 부분이기 때문이다.

  ✔ 국토가 남북으로 길기 때문에 남과 북의 기후차가 크고, 중앙부의 높은 산지를 중심으로 동해 쪽과 태평양 쪽의 기후가 큰 차이를 보인다. 오키나와(沖縄)·아마미(奄美)제도·오가사와라제도를 포함하는 난세이 제도는 연중 기온이 높고 강수량이 많은 아열대성 기후의 특징을 보이

홋카이도의 집

는 반면, 홋카이도의 추운 지방은 아한대나 냉대 기후의 특징을 보인다. 홋카이도는 여름은 시원하고 겨울은 추워 겨울의 월평균 기온은 영하이며 -10도 이하인 날도 드물지 않다. 반면 난세이제도는 겨울의 평균 기온이 15도 이상이며 연평균 기온도 홋카이도와는 14도 이상의 차이가 난다. 홋카이도는 연중 강수량이 적고 쓰유(梅雨 : 한국의 장마에 해당함)나 태풍의 영향을 거의 받지 않는 데 비해 난세이제도는 서리나 눈이 내리지 않는다. 이렇게 남북의 기온차가 큰 점은 봄에 벚꽃이 피는 시기와 가을에 단풍이 드는 시기에도 영향을 끼치게 된다.

✔ 중앙의 산지를 중심으로 동해 쪽과 태평양 쪽의 기후도 중요한 차이를 보이는데, 특히 겨울의 기후차가 두드러진다. 동해 쪽은 겨울에 눈·비가 많고 여름은 비교적 맑은 날이 많은 반면, 태평양 쪽은 여름에 비 오는 날이 많고 겨울은 건조한 바람이 불며 맑고 쌀쌀한 날이 많다. 겨울에 동해 쪽에 눈이 내리는 것은 시베리아에서 불어오는 차가운 북서계절풍과 일본의 지형 때문이다. 북서계절풍이 동해를 건널 때 상당량의 수증기를 흡수하게 되는데, 일본 부근에서 계절풍이 약화되면서 동해에 형성된 소저기압대로 남풍이 불어들어 와 불연속선을 형성하기 때문에 해안의 평야지대에 많은 눈이 내린다. 또 다량의 수증기를 흡수한 바람이 중앙부의 산지에 부딪혀 상승하면서 눈을 내리게

된다. 태평양 지역의 겨울이 맑은 날이 많은 것은 이렇게 계절풍이 산지를 넘을 때 많은 눈을 내림으로써 건조해졌기 때문이다.[1]

그런데 목욕을 즐기는 일본인이 거꾸로 우리의 목욕 문화를 어떻게 바라봤을까? 김현구는 같은 책에서 일제시대의 사례를 들고 있다.

한일합방 후에 매일 목욕을 하고 옷이나 이불을 말리면서 생활하는 습관을 가진 일본 사람들이 대거 한국에 몰려왔다. 그들이 겨울 내내 목욕 한번 하지 않고 일 년 내내 옷이나 이불 한번 말리지 않고 지내는 한국 사람들을 보고 더럽다고 생각하지 않았다면 그것이 오히려 이상한 일이었을 터이다. 그러니 '한국 사람'하면 '더럽다'는 인상이 꽉 박혀버리게 된 것이다.

한편 일제강점기에 조선에서 살던 일본인을 당시의 조선인은 어떻게 느꼈을까? 계속해서 김현구의 같은 책에서 인용한다.

일본에서는 습기 때문에 여름에 옷을 입으면 몸에 척척 감겨서 귀찮기 짝이 없다. 거기다가 서민들에게는 천이 비싸서 옷 한 벌 해 입기도 쉬운 일이 아니었다. 그렇다고 해서 옷을 벗고 다닐 수도 없는 일이었던만큼 남자들은 다 벗어제치고 훈도시나 하나 차고 돌아다닌 것이다. 돈도 안 들고 그렇게 편리하고 시원할 수가 없었다. 여자들은 가릴 곳을 안 가릴 수는 없으니까 옷은 입되 시원하도록 속옷은 안 입었다. 이 사람들이 일제시대에

---

1 한영혜, 『일본사회개설』, 한울아카데미, 2004년 8월. (1쇄는 2001년 3월)

한국에 와서, 남자들은 훈도시 하나만 차고 게다를 신고 거리를 활보하고 여자들은 속옷도 입지 않고 돌아다니다가 논두렁에서 겉옷을 훌렁 걷어올리고 시원하게 일을 봤으니 아무리 더워도 의관 정제하고 양반행세를 하던 유교의 나라 한국 사람들이 뭐라고 했을까는 불문가지다.

우리는 일본의 목욕 문화, 예를 들어 혼탕 문화를 이야기하면서, 한편으로는 성적 판타지를 느끼는 것은 아닐까. 그리고 다른 한편으로는 일본의 혼탕 문화를 지적하면서, 그들보다 우리가 '도덕적'으로 우월하다는 의식을 느끼고 있는 것은 아닐까. 이런 의식은 "일본인은 사촌끼리도 결혼을 한대"라고 말하면서 느끼는 것과 별반 다르지 않다고 생각된다. 문화의 다양성은 고려하지 않으면서 말이다.

3. 일본어

우리는 일본어에 대해 몇 가지 이미지를 가지고 있다. 이들 가운데에는 외래어 사용과 관련된 것이 적지 않다. '일본어는 모음이 5개밖에 되지 않는 단순한 언어이기에 외국어 특히 영어를 제대로 발음할 수 없고, 표기할 수도 없다', '일상생활에 쓰이는 일본어에는 영어가 너무 많다.' 한편 일본어의 복잡성에 관한 언급도 눈에 띄는데, 예를 들면 '일본어는 한자 읽기가 어렵다'는 것이다.

그런데 이와 같은 언급에 대해 우리는 어떻게 평가하고 있을까? 먼저 전여옥은 『일본은 없다 1』에서

물건을 달라고 할 때 영수증이란 뜻의 '료슈쇼'라는 말이 있건만 일본인들은 거의가 다 '레시토'라는 말을 더 많이 쓴다. (중략) 방송의 경우는 더 심하다. '생중계로 보도합니다'는 생중계를 '리얼타임', 보도합니다를 '레포토시마스'라고 아무 거리낌 없이 쓴다. 그토록 일본인의 언어순화를 위해 자긍심이 높다는 NHK뉴스에서도 이 외래어 남용은 한심할 지경이다. 가

한 편의점의 레시토

령 '이러이러한 현상이 상승 작용을 일으켜'라는 내용을 '에스카레토시마스'라고 너무도 당당히 말한다. 그것도 뉴스에서. 뿐만 아니라 일본 유행가의 경우 전통가요까지도 온통 외래어에 시달린다. 자장가라는 말을 써도 충분히 아름답건만 '라라바이(롤러바이의 일본어 발음)'라고 노래해 나 같은 외국인을 '도대체 내가 모르는 이 단어는 무엇인가'하고 고민하게 만들기 일쑤다. 물론 젊은 세대가 부르는 노래는 가사의 절반이 영어다.

고 고발한다.

전여옥도 지적하고 있지만 일본 가요에는 영어가 적지 않게 쓰인다. 즉 노래의 도입 부분이나 군데군데에 영어 단어를 지나치게 많이 쓰고 있다는 것은 사실이다. 필자는 1995년 가을에 일본으로 유학을 갔었는데, 일본 가요에 보이는 영어 사용이 무척 신기하게 느껴졌다. 왜냐

하면 당시만 하더라도 한국 가요에서는 그런 현상이 거의 보이지 않았기 때문이다.

전여옥은 같은 책에서 일본인이 일본어에 영어를 많이 사용하는 것에 대해 다음과 같이 지적한다.

✓ 내가 일본어를 사용하면서 절실하게 느낀 점은 일본인들이 너무나 제 나라 언어를 푸대접하고 있다는 사실이다. 그 좋은 예가 외래어의 마구잡이 사용이다.

✓ 일본의 거리를 거닐 때 백인과 같이 노란 물로 머리를 물들인 젊은이들을 보며 나는 정신의 혼을 잃어버린 태엽이 풀어진 만신창이 인형을 본 느낌이었다. 바로 오늘의 일본어가 그렇다. 수많은 외래어에 그 아름다운 본성을 잃어버린 노란물 들인 인형과 마찬가지다. 일본의 광고 가운데 가장 많이 나오는 것이 영어회화 광고이다. 학원과 유학단체가 온갖 표현을 동원해 영어 열등의식에 싸여 있는 일본인들은 자극한다. '일본인들이여, 먼저 당신들의 언어를 매만지고 가다듬는 것이 어떨까? 모국어를 잘해야 영어도 잘할 수 있을 테니까……'

전여옥의 비판은 결코 틀린 말이 아니다. 그런데 이런 비판이 가능하기 위해서는 '우리는 영어에 열등의식을 가지고 있지 않다'·'우리는 일본인보다 모국어를 제대로 쓴다'는 것이 전제되어야 가능하다. 과연 그런지 어떤지는 모르겠지만, 여하튼 전여옥의 비판에는 일본인의 언어 생활에 대한 그의 우월의식이 담겨 있는 것이다.

다음으로 일본어는 한자 읽기가 무척 어렵다. 특히 인명의 한자 읽기가 그렇다. 이에 대해 김현구의 에피소드를 들어보자.

그는 『김현구 교수의 일본이야기』에서 다음과 같이 이야기한다.

> ✔ L선생은 학생들의 일본사에 대한 지식을 정확히 하기 위해서 시험 때에는 항상 사람 이름이나 지명 등의 고유명사를 일본말로 쓰면 점수를 올려주겠다고 말씀하셨기 때문에 시험 때만 되면 으레 일본말로 사람의 이름을 외우느라고 애를 먹었다. 그런데 마침 일본에서 대학을 다니다가 온 교포 여학생이 한 사람 있었다. 그래서 시험 때면 늘 그 여학생한테 가서 필기하다 빠뜨린 고유명사의 발음을 물어보곤 했는데 한자로 된 이름을 가져가서 어떻게 읽는지 물어보면 모르는 경우가 허다했다. 그래서 우리들 사이에서는 일본에서 대학까지 다니다가 왔다면서 역사책에 등장하는 사람이름도 못 읽는 엉터리 대학생이라고 수군거리곤 했다.
>
> ✔ 언젠가 일본 고대사에 대한 심포지엄에 참석했을 때의 일이다. 발표자 중에 이노우에 미스사다(井上光貞)라고 하는 토오꾜오대학교수가 있었는데, 1876년 강화도조약을 체결할 때 일본측 전권대사였던 이노우에 카오루(井上馨)가 그의 조부이고, 또 소위 '카쯔라(桂)태프트 조약'을 체결할 때의 일본측 대표인 카쯔라가 외조부인 사람으로 학자로서의 명성도 일세를 풍미한 유명한 인물이었다. 그런데 사회자가 그를 소개하면서 '이노우에 미스사다'라고 하지 않고 '이노우에 코오떼이(井上光貞) 선생'이라고 하는 것이었다. 깜짝 놀라서 팸플릿에 소개되어 있는 그

의 이름을 보니 '井上光貞'이라는 그의 이름 옆에는 분명히 내가 알고 있는 대로 '이노우에 미스사다'라는 말음이 씌여 있는 것이다. 그렇게 저명한 인물인데도 불구하고 사회자는 '이노우에 코오페이'라고 평소 자기 습관대로 부른 것이다.

이처럼 일본인의 이름을 제대로 읽는 것이 어려운 것은 일본어에서는 한자를 음독과 훈독으로 읽기 때문이다. 이것이 우리의 한자 읽기와 다른 점이다. 예를 들어 '川'이라는 한자를 우리는 '천'이라고 음독만 하지만, 일본어에서는 '센(せん)'과 같이 음독하기도 하고, '가와(かわ)'와 같이 훈독을 하기도 한다. 따라서 하나의 한자에 읽는 방법이 여러 가지가 있는 것이다.

일본에서 공부할 때 '伊藤博'라는 유명한 고전문학자가 있었다. 이 사람은 '이토 하쿠'라 발음하는데, 전공자가 아닌 일반인은 보통 '이토 히로시'라고 읽었다. 왜냐하면 '博'은 '하쿠'라고 음독할 수도 있고, '히로시'라고 훈독할 수도 있기 때문이다. 따라서 일본인들은 보통 명함에 자신의 이름을 어떻게 읽어야 하는지를 표시해 둔다.

여기서 김현구의 에피소드를 보자. 같은 책에서 아래와 같이 말한다.

일본에 유학 가서 보니 일반인들은 물론 대학생까지도 명함을 가지도 다니다가 인사를 할 때 건네주는 것이었다. 70년대 중반만 해도 우리나라에서는 아직 명함이 일반화되지 않아서 명함은 상당한 지위에 있는 사람이 아니면 사용하지 않았고, 그래서 일본 대학생들이 명함을 가지고 다니는 것을 보고 속으로 '건방진 녀석'이라고 욕을 했다. 그러나 시간이 지나면서 생각이 바뀌기 시작했다. 한자를 일본말로 읽는 방법이 워낙 여러가지라서 이름을 한자로만 써놓으면 어떻게 읽는지 도무지 알 도리가 없는 것이다. 그래서 일본에서는 한자와 함께 읽는 법이 씌어진 명함을 가지고 다니다가 다른 사람과 인사를 할 때에는 반드시 건네주는 것이었다.

일본어는 한자 읽기도 복잡하지만, 일본어 표기 수단이 두 가지나 있어 표기도 복잡하다. 히라가나(ひらがな)와 가타카나(カタカナ)가 그것이다. 전자는 한자를 흘려서 만든 글자인데, 예를 들어 '아(あ)'라는 글자는 '安'을 흘려 써서 만든 글자이다. 후자는 한자의 일부를 취해서 만든 글자이다. '카(カ)'는 '加'의 왼쪽 부분인 '力'만을 취해서 만든 문자이다.

결국 우리가 '일본어의 복잡함'을 말하는 것은 우리말의 '편리성'과 한글의 '우수성'을 말하는 것이다. 일본어와 일본 문자에 대한 우리들의 우월의식이 드러나는 대목이다.

4. 모방

우리는 일본문화를 말할 때, '일본문화는 다른 나라의 문화를 모방한 문화'라고 말하곤 한다. 예를 들어 일본의 고대 문화는 우리의 고대 문화를 모방한 것이라고 또한 현재 일본이 만들어 내고 있는 상품도 미국을 중심으로 한 서양이 발명해 낸 것을 모방하여 축소한 것에 불과하다고. 이런 인식은 이원복이 『새 먼나라 이웃나라－일본·일본인 편』에서 "이이도코토리－좋은 것은 기꺼이 취한다!－그러나 창의력이 약하다－"[2]는 제목을 두고 있다는 것에서도 알 수 있다.

이와 같은 우리의 인식을 전여옥의 『일본은 없다 2』에서 좀 더 확인해 보자.

> 메이지 시대는 일본의 한 역사학자의 표현을 빌리자면 '찬란한 모방의 시대'였다. 서양이라는 아주 구체적인 모방의 대상을 두고 일본인들이 그 타고난 본뜨는 솜씨를 발휘했다는 것이다. 일본의 문화는 모방의 문화이다. 일본인들은 옛날부터 창조적인 것보다도 남의 것을 베끼든지 본을 뜨든지 해서 근사하게 완성해 놓기만 하면 오히려 이를 더욱 평가하는 측면이 있다. 일본인들은 모방을 하는 것에 대해 커다란 의미를 부여한다. 일본어의 '마나부' 즉 공부하다는 말과 흉내낸다, 모방한다는 뜻인 '마네스루'는 그 말의 어원이 같다. 일본인들에게는 모방을 한다는 것은 배운다는 것을 뜻했다고 할 수 있다. 일본인들은 능숙하게 베끼고 흉내내고 따라하는 것을 크게 평가했다. (중략) 한마디로 일본인들은 '서투른 창조보다는 확실한 모방이 낫다'는 생각을 지니고 있다. 일본인들은 옛날부터 창조적인 사고를 하는 데 별로 가치를 두지 않아 왔다.

그렇다면 역사학자인 김현구는 일본문화의 '모방성'에 대해 어떻게

---

2 이원복, 『새 먼나라 이웃나라－일본·일본인편』, 김영사, 2000년 1월.

말하고 있을까? 김현구는 『김현구 교수의 일본이야기』에서 일본 씨름인 '스모'와 일본 바둑에 대해 다음과 같이 언급한다.

✔ 일본에서 가장 인기있는 스포츠 중의 하나가 스모오(일본 씨름)이다. 스모오와 비슷한 씨름은 몽고나 한국에서도 있는데 몽고 씨름을 보면 자유형 레스링처럼 샅바를 매지 않기 때문에 자유롭기는 하지만 잡을 곳이 없어서 힘쓰기가 어려워 여간 애를 먹는 것이 아니다. 반면 한국 씨름은 샅바를 맨 채 처음부터 붙잡고 시작하기 때문에 힘을 쓸 곳이 있어서 편리하기는 하지만 기술이 한정돼 있고 좀 답답한 느낌이 든다. 따라서 (중략) 샅바는 매되 시작은 떨어져서 하는 씨름을 만들어내면 잡을 곳이 있어서 힘쓰기가 쉬운데다가 시작과 동시에 달려들면서 샅바를 잡는 방법이 여러 가지 있을 수 있고, 또 샅바를 잡은 다음부터는 한국 씨름만큼 여러 가지 방법이 있어서 다양하고 동적인 씨름이 될 것이다. 일본 사람들이 대륙에 들락거리면서 몽고나 한국 씨름을 보고 만들어낸 것이 바로 이러한 스모오이다.

✔ 바둑은 일찍이 중국에서 발생하여 한국을 거쳐 일본으로 들어갔다. 한국의 순장바둑이 미리 여러 점을 놓고 시작하는 것으로 보아서 중국에서도 장점(丈點) 같은 곳에다가 미리 몇 점을 놓고 시작하지 않았나 생각된다. 따라서 웬만한 사람이 중국 바둑과 한국 바둑을 비교해보면 미리 두는 바둑돌이 많으면 많을수록 그만큼 수가 적어지고 더불어 재미도 줄어든다는 사실을 금방 알 수 있다. 중국 바둑과 한국 바둑을 본 일본 사람이 바둑돌을 미리 장점에다 놓지 않고 처음부터 자유롭게 두기 시

작한 것은 그때문이었다. 그러니까 일본 바둑이 중국 바둑이나 한국 바둑보다 훨씬 재미있고 수가 무궁무진해진 것이다. 결국 중국이나 한국이 자기들 바둑을 제쳐놓고 일본 바둑을 따라 두게 되어 오늘날은 일본이 중국이나 한국을 제치고 마치 바둑의 종주국처럼 되어버렸다.

결국 전여옥과 김현구는 각각 같은 책에서 일본의 '모방 문화'를

✓ 한마디로 일본인들은 '서투른 창조보다는 확실한 모방이 낫다'는 생각을 지니고 있다. 일본인들은 옛날부터 창조적인 사고를 하는 데 별로 가치를 두지 않아 왔다.

✓ 세계를 휩쓸던 독일 카메라 '라이카'가 일본의 '캐논'이나 '니콘'에 밀려서 문을 닫은 지 오래다. 오늘날 일본 카메라가 세계를 휩쓸어 '카메라'하면 일본이 연상될 정도다. 오늘날 일본이 미국한테 배운 기술을 가지고 미국 자동차시장을 석권하고 있는 것도 좋은 예가 될 것이다. 일본의 외국문물 수입은 이미 그 패턴이 체질화되었고, 외국문물끼리도 서로 비교해보아 제3의 것을 만들어내며, 마침내 종주국을 능가하는 단계에 와 있다. 일본의 이런 모방문화에 대해서 우리나라에서는 어쩐지 남의 것을 슬쩍하는 것 같아 좋지 않게 생각하거나 심지어는 멸시하는 것이 사실이다. 그러나 일본에서는 워낙 모방문화가 발달하다 보니까 오히려 모방을 능력 있는 것으로 생각하는 경향이 있다.

고 평가한다.

하지만 이에 대해 박유하는 『누가 일본을 왜곡하는가』에서 좀 다른 시각으로 일본의 '모방 문화'를 말한다.

일본은 모방을 잘 할 뿐 창조적 능력은 없다는 말도 마찬가지다. 그들은 한때 모방했지만 적어도 모방에 그친 것은 아니었다. 말하자면 다시 되팔 수 있는 물건을 만들었고, 그것은 주어진 기술을 철저히 흡수, 연구하여 다시 창조한 것이었다. 모방하되 다시 그들 나라에 되팔 수 있는 것을 만들었던 것이다. 그런 의미에서 일본인의 모방은 어디까지나 재'창조'다. 단순한 모방에 그친 경우는 한국에 더 많지는 않았던가? 실은 모방과 어떤 기술이나 문화의 유입은 구별해서 생각해야 할 부분이다. 또 엄밀하게 말하자면, 완전한 제로로부터의 '창조'란 존재할 수 없는 법이다. 말하자면 어떤 상품이건 문화건 완전한 '무'에서 생산될 수는 없는 법이다. 그런 의미에서 모든 창조는 정도의 차이는 있어도 모방에서 시작된다. 그림은 사물을 모방하는 데서 시작되고 작자가 '쓸' 수 있는 것은 남의 글을 '읽'었기 때문이다. 어떤 형태로건 창조행위에 모방이 따르는 법이다.

여기서 박유하는 순수 무구한 '창조'란 없다고 말하며, 일본문화는 단순한 '모방 문화'가 아니라 '모방'하여 '창조'한 문화라고 지적한다. 너무나도 당연한 말이다. 하지만 흥미로운 것은 박유하는 일본문화가 단순한 '모방 문화'가 아니라고 주장하지만, 그도 결국에는 일본문화를 '모방 문화'라는 틀 속에서 바라보고 있다는 것이다. 그 점에서는 그의 인식도 전여옥과 김현구의 그것과 크게 다르지 않다.

사실 중요한 것은 일본문화가 '모방 문화'냐 아니냐에 있지 않다.

오히려 왜 우리는 일본문화를 '모방 문화'로 바라보고 싶은가에 있다.

이에 대해 박정자는 사실 우리에게는 일본을 제대로 인정하고 싶지 않은 심리가 있다고 말하고, 그 배경에 대해서도 언급하고 있다. 그는 교수신문의 「대학정론」에서 우선 다음과 같이 지적한다. 좀 길지만 인용한다.

> ✓ 일본 학자 서너 명이 가볍게 노벨물리학상과 화학상을 타는 것을 보고 우리는 다시 한 번 묘한 복합 심리와 불편한 심기를 느껴야 했다. 우리의 복합 심리는 일본에 대한 우리의 과도한 무시가 번번이 견고한 현실에 의해 배반당하는 과정에서 나온다. 우리가 학교 교육에서 일관되게 배운 것, 또한 주도적 지식인들로부터 줄기차게 듣는 이야기는 우리의 문화가 우수하다는 것, 일본에는 아무런 문화가 없다는 것, 일본은 모방만 능하지 창의력은 없다는 것 등이었다. 과연 그럴까.

> ✓ 과거에 우리는 분명 일본에 많이 뒤떨어져 있었다. 이것을 인정하지 않는 측이 현재 우리 사회 이념의 헤게모니를 장악하고 있는 세력들이다.[3]

일본을 올바로 인정하고 싶지 않은 우리들의 멘탈리티에는 사실은 근대 이후에 들어 우리가 일본에 총체적으로 밀리고 있다는 것에 대한 열등의식이 잠재되어 있기 때문이라고 생각한다.

이런 추정은 우리가 일본문화를 '모방'하고 있다는 자성의 목소리나 한국문화에 대한 일본인의 비판에서도 알 수 있다. 이와 관련된 사

---

3 박정자, 「일본을 直視하자」, 교수신문, 2008년 11월 3일 자.

례를 들면서 이 절을 마친다.

우선 김현구는 같은 책에서 다음과 같이 지적한다.

✔ 나는 남매를 두고 있는데 큰 애는 일본에서 유치원 2년 과정과 국민학교 1학년을 마치고 귀국했다. 집사람은 우리 아이가 일본 애들한테 뒤떨어질까 봐 열심히 쫓아다니면서 보살피고 숙제 같은 것도 빠짐없이 잘 챙긴다. (중략) 작은 아이는 귀국해서 처음부터 한국에서 유치원에 다니게 됐다. 그 유치원은 동네에서 비교적 크고 시설이 좋은 편이 있는데, 아이가 우리말이 서툴러서 걱정이 되는지 집사람은 이번에도 숙제는 제대로 했는가 부족한 것은 없는가 열심히 챙겨서 보내는 것이었다. 그런데 어느 날 집사람이 "서영이(작은 애)가 지금 유치원에서 배우는 교재가 재영이(큰 애)가 일본에서 배우던 것하고 똑같아요" 하는 것이다. 알고 보니 그 교재도 만화책과 마찬가지로 일본책을 그대로 들여다가 그림은 그대로 두고 일본말만 우리말로 바꿔서 출판한 것이었다.

✔ 국내 굴지의 출판사에 전무로 있는 친구가 있다. 5, 6년 전이라고 생각되는데, 그 친구가 자기 회사에서 중고등학교 교과서를 출판하려고 하니 영어교과서를 집필한 교수를 좀 소개해달라는 것이었다. 그래서 잘 아는 P교수에게 부탁을 했더니 그분은 "몇 년 전에도 교과서 집필을 의뢰받아서, 미국인 교수까지 동원해서 정성껏 준비했는데도 문교부 심사에 떨어졌어요. 그래서 대체 심사에 합격되어 출판된 교과서는 어떻게 썼는가 싶어서 그 내용을 살펴보았더니 일본의 영어교과서를 모방한 것이 대부분이어서 깜짝 놀란 적이 있습니다. 그런데 어디 나

처럼 써서 되겠어요?" 하시는 것이다. 영어권에서 공부한 사람들이 영
어교과서를 집필하면서도 일본 사람들이 쓴 것을 모방한다면 다른 교과
서는 미루어 짐작할 수 있지 않을까?

대학에 다닐 때 어떤 출판사의 영영사전을 산 적이 있
었다. 『한국인에게 알맞은 엘리트 영영사전』이라는 것
이었는데, 나중에 안 사실이지만 이 사전은 일본의 '연
구사(研究社)'와 독점판권계약을 맺고 출판된 것이었다.

이케하라 마모루는 좀 선정적인 제목의 『맞아죽을 각
오를 하고 쓴 한국, 한국인 비판』이란 책에서

『맞아죽을 각오를 하고
쓴 한국, 한국인 비판』

방송 이야기가 나왔으니까 하는 이야기인데 텔레비전을 보고 있으면 한
국과 일본 프로그램이 무척 비슷하다는 것을 금방 알 수 있다. 퀴즈나 오락
프로그램은 무심코 보고 있으면 일본 방송인지 한국 방송인지 잘 분간이
가지 않을 정도다. 특히 뉴스 프로그램은 일본 NHK 방식으로 포맷이 '통일'
되어 있다시피 하다. NHK가 뉴스 포맷을 바꾸고 나서 한 달 가량 지나면
어느 새 한국에서도 똑같이 바뀌어 있다. 이것은 굳이 좋다 나쁘다 따질
문제가 아닌 것 같다. 한국의 방송국 사정을 감안하면 어쩔 수가 없겠구나
하는 생각이 들기 때문이다. 한국의 어느 방송국에 친동생처럼 아끼는 기자
가 한 사람 있다. 그런데 나는 그 친구를 그렇게 좋아하는데도 좀처럼 만날
수가 없다. 너무 바쁘기 때문이다. 그는 지금 사회 고발 프로그램을 맡고
있는데, 여러 기자가 한 달에 한 번씩 번갈아 가며 취재를 하는 모양이다.
무슨 일이 있어도 한 달에 한 편 프로그램을 만들어야 하니 나 같은 사람을

만나서 노닥거릴 짬이 없다. 저렇게 바빠서 살까 안쓰러울 정도다.[4]

고 말한다.

5. 만엽집

『만엽집과 정치성』

박병식은 『일본어의 비극』(평민사, 1987년 3월)에서 '일본어의 뿌리는 고대 한국어이다'고 주장한다. 이와 같은 주장을 하는 사람들이 적지 않다. 심지어 학계에도 있다. 더 나아가 이영희는 고대 한국어로 일본의 『만엽집(万葉集)』을 '해석'해서 대중들의 관심을 사기도 했다.

오토모노 야카모치

그렇다면 『만엽집』이란 무엇인가? 졸저인 『만엽집과 정치성』(제이앤씨, 2004년 9월)에서도 적었듯이, 『만엽집』은 일본에 현존하는 가장 오래된 시가집(詩歌集)이다. 전체 20권으로 구성되어 있고, 수록된 작품 수는 약 4,500여 수에 이른다. 성립 연대 및 편자

4 이케하라 마모루, 『맞아죽을 각오를 하고 쓴 한국, 한국인 비판』, 중앙M&B, 1999년 7월. (초판 1999년 1월)

에 관해서는 설이 분분하지만 나라시대(奈良時代, 710년~784년) 후기에 오토모노 야카모치(大伴家持)가 현재와 같은 형태로 편찬했다고 보는 설이 가장 유력하다. 다시 말해서 이 시가집은 하나의 일관된 방침 아래 한 사람 또는 몇 사람이 편집한 것이 아니다.

『만엽집』의 서명에 관한 가설은 몇 가지가 있으나, 아직까지 정설이 없는 실정이다. 예를 들어 '오래도록(万世) 전승되었으면 하여 축복하는 심정에서 그렇게 이름 지었다' 혹은 '많은 노래의 모음이라는 의미이다' 등이 『만엽집』의 유래로 추정되고 있다.

이 시가집은 위로는 천황(天皇)에서부터 아래로는 서민 등에 이르기까지 그 작자가 각양각색이다. 이름이 밝혀진 작자도 많지만, 작자 미상인 경우도 그에 못지 않다. 또한 당시 한반도나 중국에서 건너갔다고 판단되는 사람이나 그들의 후손에 의한 작품도 적지 않다.

내용적으로 보면 주로 연애를 노래한 상문(相聞)이 있고, 또한 죽은 사람을 애도하는 만가(挽歌)가 있다. 그리고 이런 것들에 속하지 않는 노래를 모은 잡가(雑歌)도 있다. 잡가에는 천황의 행차(行幸) 등을 읊은 노래가 들어 있다.

가체(歌體)는 장가(長歌), 단가(短歌), 선두가(旋頭歌) 등으로 되어 있다. 즉 장가(長歌)는 5·7조(調)를 반복하다가 마지막을 7·7로 끝맺는다. 이런 장가에 대립하는 가체가 단가인데, 이것은 5·7·5·7·7의 5구체(句體)로 되어 있다. 선두가(旋頭歌)는 아래쪽 3구(句)가 위쪽 3구와 같은 형식을 취하기에 선두가로 불리는데, 5·7·7 / 5·7·7로 된 6구체 노래이다.

표기는 한자로만 쓰여 있으나, 그 어순은 주어－목적어－동사와 같이 되어 있다는 점에서 지금의 일본어 어순과 같다고 보면 된다. 또한 표기 스타일은 크게 세 가지로 나뉜다. 즉 한자의 훈독으로만 되어 있는 것, 한자의 음독으로만 되어 있는 것, 한자의 훈독과 음독이 같이 쓰인 것이 있다. 따라서 『만엽집』의 표기 방식과 신라 향가의 표기 방식은 종종 비교 대상이 된다.

『만엽집』은 지금도 일본인의 절대적인 사랑을 받고 있다. 그것은 우리나라의 KBS에 해당하는 NHK(일본방송협회)의 「인간 강좌」와 같은 방송 교재가 『만엽집』에 관한 특집을 종종 다룬다든지, 일반 시민을 대상으로 하는 문화 강좌에 『만엽집』에 대한 강의가 거의 빠지지 않는다는 것에서도 짐작할 수 있다. 다시 말해서 『만엽집』은 예나 지금이나 '일본문화의 위대한 유산' 혹은 '일본인의 마음의 고향' 등으로 불린다. 예를 들어 세계사를 보건데, 7~8세기와 같은 이른 시기에 『만엽집』과 같은 시가집이 만들어진 것은 일본뿐이라는 것은 '일본문화의 위대한 유산'의 중요한 근거가 된다. 하지만 이런 사실보다 일본인들을 더욱 자랑스럽게 생각하게 하는 것은 『만엽집』의 작자가 다양한 계층이었다는 것이다. 즉 작자가 천황이나 귀족뿐만이 아니라 농민, 거지 등에 이르고 있다는 것이다. 그리고 이와 같은 기술은 일본에서 현재 출판되고 있는 『만엽집』에 관한 전문서나 일반 서적은 말할 것도 없고, 한국에서 번역되거나 집필된 『만엽집』 관련 서적의 기술에서도 보인다.

그런데 인터넷 지식 검색에서 '만엽집'을 입력하면, "『만엽집』은 한국어로 불려졌다" 혹은 "『만엽집』은 그 대부분이 고대 한국어로 읊어졌다"고 나오는 경우가 적지 않다. 일본에서 가장 오래된 시가집인 『만

『노래하는 역사 1·2』

엽집』을 한국의 일반 독자들에게 널리 소개한 사람은 이영희다. '万葉集'은 '망요슈' 혹은 '만뇨슈'로 발음되는데, 이영희는 조선일보에 연재했던 내용을 나중에 『노래하는 역사』(조선일보사, 1994년 9월)와 『노래하는 역사 2』(조선일보사, 2001년 6월)로 묶어, 『만엽집』을 대중에게 소개했다. 그리고 『만엽집』과 이와 관련된 이영희의 저서는 일본어로 번역되거나 그의 일본어 저서, 예를 들면 『마쿠라코토바의 비밀(枕詞の秘密)』(文春文庫, 1992년 5월)에 의해 일본에도 소개되었고, 일본 내에서도 큰 반향을 불러일으켰다. 대체로 다음과 같은 두 가지 이유에서였다. 첫째, 이영희는 고대 한국어로 『만엽집』을 해석했다는 것이다. 다시 말해서 『만엽집』 해석에 있어서의 '방법'이 일본인 학자와 일본 독자의 주의를 끌었다. 둘째, 더 나아가 일본인의 관심을 끈 직접적인 이유는 이영희의 해석에 의하면 지금까지의 『만엽집』 해석이 완전히 바뀐다는 것이다.

그렇다면 일본 내에서의 『만엽집』 연구자와 일반 독자는 이영희의 『만엽집』 해석에 일반적으로 동의하는 것일까? 사실은 그렇지 않다. 이영희는 '엄밀하게' 말하면 『만엽집』 전공자도 아니며, 그런 점에서 『만엽집』 연구자가 아니다. 그럼에도 불구하고 일본의 연구자와 일반 독자는 이영희를 한국을 대표하는 학자처럼 간주해서 그의 학문적 레벨을 근거로 하여 한국 인문학의 수준을 폄하한다. 이와 같은 일본 측의 감정적인 대응에는 뿌리 깊은 한국(인) 멸시관이 자리 잡고 있다고 생각된다. 한편 『만엽집』을 전공한 한국인 연구자는 이영희의 『만엽집』해석을 받아들이고 있을까? 단언할 수는 없지만, 그가 일본에서 학위를 받았든 혹은 한국에서 학위를 받았든 간에 아마도 그렇지 않을 것이다.

이처럼 일본의『만엽집』연구자와 일반 독자 및 한국의『만엽집』연구자가 이영희의『만엽집』해석을 따르지 않는 것은, 이영희가 '고대 한국어'로『만엽집』을 해석하고 있기 때문이다. 예를 들어 성신여자대학교에 재직 중인 박일호는「만엽집은 한국어(조선어)로써 읽을 수 있는가」라는 글에서 몇 가지의 근거를 제시하면서 이영희와 그와 비슷한 주장을 하는 사람들, 예를 들면『가키노모토노 히토마로의 암호(人麻呂の暗號)』(新潮社, 1989년 1월)를 쓴 후지무라 유카(藤村由加)와 같은 사람들을 비판한다. 여기서는 박일호가 열거한 근거 중에서 일반 독자도 비교적 이해하기 쉬운 근거를 인용해 보겠다. 덧붙여 그가 제시한 근거는 사실『만엽집』을 연구하는 거의 모든 일본인 연구자가 이영희를 비판할 때 드는 근거이기도 하다.

현대 한국어의 음(音)을 고대 일본어의 음에 대응시킨다든지 한국어의 음과 일본어의 음을 혼용하여 훈독을 하는 등, 언어학적인 규칙(rule)을 무시하고 있다는 점이다. 또한 이들 서적(이영희씨의『또 하나의 만엽집(もう一つの万葉集)』등을 가리킴, 인용자)은 단지 문자의 기원이나 한자의 구성 원리를 살펴서 거기서 떠오르는 이미지를 덧붙이기만 함으로써 언어의 의미를 확대하는 수법을 쓰고 있다. 하지만 이것은 해석이라기보다는 연상과 유추에 의한 창작에 지나지 않다고 말할 수 있겠다.[5]

결국 고대 한국어로『만엽집』을 해석하고자 했던 이영희의 시도, 다시 말하면 고대 우리 문화의 '우월성'을 주장하는 그의 시도는 일본 에서는 우리 연구 수준의 천박함을 드러내는 결과를 가져 왔다는 측면 도 있다. 물론 이런 일본 내의 반응에도 한국(인) 멸시관이 없는 것은 아니다.[6]

『일본인의 사랑의 문화사』

그렇다고 이영희와 같은 시도가 전혀 가치 가 없다고는 보지 않는다. 하지만 필자는『만엽 집』을 일국(一國)의 문화적 자산이 아니라 '고대 동북아시아'라는 문화권에서 생산된 문화적 자 산으로 바라보고 싶다.

이와 같은 인식을 토대로 하여『만엽집』을 통해 '고대동북아시아'의 문화를 복원하고 싶 다. 그런 노력의 산물이 졸저인『일본인의 사랑의 문화사』(제이앤씨, 2008년 4월)인데, 여기서는 그 내용의 일부를 극히 간단히 요약해서 소 개한다. 좀 더 자세한 내용은 졸저를 참조해 주길 바란다.

고대인의 사랑의 문화를 만남, 짝사랑, 기다림, 파경 순으로 간단히 살펴보면서 이 절(節)인 '만엽집'을 마무리하고자 한다. 문화의 보편성 과 함께 특수성을 느낄 수 있을 것이다.

   ✓ 일본 열도에 살았던 고대의 남녀는 어디서 그런 만남을 가졌을까?

---

5 朴一昊, 「万葉集は韓国語<朝鮮語>で読めるか」, 『国文学 解釈と教材の研究』, 学灯社, 1996年.
6 지금까지의 내용은 주로 졸저인『만엽집과 정치성』에서 요약한 것임을 밝혀 둔다.

그들이 만나게 되는 계기를 '장소'를 중심으로 해서 검토해 보면, 구릉, 들, 시장, 길, 다리가 고대의 남녀에게 중요한 만남의 장소였던 것 같다. 그럼 우선 구릉을 배경으로 남녀의 사랑이 시작되는 노래부터 살펴보자. (중략) "바구니도 좋은 바구니 가지고/ 호미도 좋은 호미 가지고/ 이 구릉에서 나물 캐시는 처녀여/ 집안을 밝히시오 이름을 일러주시오/ 야마토(大和)라는 나라는/ 모두 다 빠짐없이/ 내가 다스리는 나라다/ 내가 먼저 고할까/ 신분도 이름도" (중략) 이 작품에서 눈에 띄는 표현은 천황이 구릉에서 나물 캐는 처녀에게 "집안을 밝히시오 이름을 일러주시오"라고 상대방의 이름을 묻는 행위이다. (중략) 고대 사회에서는 자신의 이름을 타인에게 말하면 재난이 발생한다는 믿음이 있었다. 따라서 부모나 배우자 이외의 다른 사람에게는 절대로 이름을 밝혀서는 안 됐다. (중략) 결국 (중략) 이 작품은, 당시 상대의 이름을 묻는 것(名告り)이 다름 아닌 청혼을 의미했다는 것을 생각한다면 궁극적으로 청혼의 노래가 되는 것이다.

✔ 어떤 사람은 짝사랑을 즐긴다고 한다. 왜냐하면 마음에 상처를 입지 않기 때문이란다. 그리고 자기가 시작하고 싶을 때 시작하고, 끝내고 싶을 때 끝내기 때문이란다. 하지만 과연 그럴까? 짝사랑에는 과연 고통이 동반되지 않는 것일까? 적어도 고대 일본인은 이룰 수 없는 짝사랑에 괴로워하고, 죽고 싶을 정도로 가슴 아파하며, 그리고 그러면서도 상대방을 잊지 못하고 있다. 이와 같이 사랑에 올인하는 고대인이 필자에게는 인간답게 보인다. (중략) 그런데 다음에 감상할 작품들은 짝사랑의 괴로움을 너무도 잘 표현하고 있는 노래들이다. "마음

을 다하여 짝사랑해서인가/요사이 내 마음은/살아 있는 것 같지도 않다", "내 마음은 살아 있는 것 같지도 않다"는 표현은 마음 여린 여자의 심정을 잘 그려내고 있다. 이와 같이 짝사랑은 숨을 쉬어도 쉰 것 같이 않고, 살아 있어도 살아 있는 것 같지 않은 감정을 짝사랑하는 이에게 갖게 한다.

✔ 앞에서도 언급했듯이 『만엽집』에 실린 노래가 만들어지고 유통되던 만엽시대의 결혼 생활은 부부가 같이 살지 않고 남편이 아내가 사는 집으로 찾아가는 것이었다. 이런 결혼 생활에서는 아내는 일반적으로 남편의 방문을 줄곧 기다리게 된다. 이와 같은 결혼생활의 특질을 배경으로 발달했던 것이 연인과 남편의 방문을 기다리는 '여성의 노래'이다. (중략) "천황의 방문을 기다리며 제가 그리워하고 있는데/제 집 문의 발을 움직이며/가을바람 불고 있습니다". (중략) 여기서 아내는 가을 해질녘에 남편이 언제 올 것인가를 기대하면서 마음 졸이고 있다. 기대와 긴장으로 신경이 예민해 있는 여인은 조그마한 소리에도 민감할 것이다. "아! 임이 오셨다"고 생각해서 두근거리며 급히 나가 보니 거기에는 가을바람으로 인해 발이 움직이고 있었던 것이 아닌가. 기대가 크면 실망도 큰 법. 희미한 소리를 내는 발의 소리에 두근거렸던 마음과 한 순간에 실망한 심정이 잘 나타나 있다.

✔ 우리나라의 이혼율이 세계적이라고 한다. 그래서 그런지 '이혼' 문제를 테마로 한 '사랑과 전쟁'이라는 TV 프로그램이 적지 않은 시청률을 확보하고 있는 것일까? 현대를 사는 우리들은 재산분할과 육아 문

제를 해결한 후, 이혼장에 도장을 찍고, 공식적으로 헤어진다. 그렇다면 고대 일본열도에 살았던 사람들은 사랑하는 사람과 헤어질 때 어떤 행동을 취했을까? "산 물건을 불량품도 아닌데 제멋대로 계약을 깨고 되돌려줘도 좋다는 법률이/이 천자(天子)의 나라에 있다고 한다면 제가 당신에게 주었던 속옷(下衣)은/반송되어도 좋을 것입니다 하지만 어디 그런 법률 있던가요? (어느 때 천황으로부터 총애를 받고 있었던 처녀가 있었다. 단 그의 성과 이름은 모른다 그녀에 대한 총애가 식은 후, 천황이 처녀에게서 받은 선물을 되돌려주셨다. 이에 처녀는 원망하여 이 노래를 지어 천황에 헌상했다고 한다.)" 이 작품에서 천황은 여자에게서 받은 속옷을 되돌려 주었다. 결국 천황이 이별을 고한 것이다.

6. 장인 정신

우리는 일본인의 '장인 정신'을 자주 말한다. 예를 들어 몇 대(代)에 걸쳐 라면 가게, 국수 가게, 여관 등을 경영한다고 하면서 그들의 장인 정신을 평가한다.

김현구는 『김현구 교수의 일본이야기』에서 럭비 선수와 스님의 예를 들면서 대를 이어 한 가지 일을 하는 일본인을 소개한다.

✔ 럭비는 일본에서 대단한 인기를 누리고 있는 운동으로, 정초에 열리는

전국 선수권대회에는 6, 7만 명 이상의 관중이 몰려든다. (중략) 유학 초기인 1970년대 후반으로 기억되는데, 우연히 텔레비전을 켜니까 지금은 이름을 잘 기억할 수 없지만 당시 신닛떼쯔(新日鉄)팀의 주장이면서 동시에 일본 대표팀 주장으로 국민적 인기를 누리고 있던 마쯔모또인가 하는 선수의 은퇴기념 경기를 하고 있었다. 중계내용을 들어보니까 그 선수 아버지가 후꾸오까에서 유리가게를 하는데 이제 나이가 많아서 유리 배달을 할 수가 없어 그 선수가 내려가서 직업을 이어받기 위해 은퇴를 한다는 것이었다. 당시 나는 그 선수가 왜 일류기업 과장 자리와 국민적 인기를 팽개치고 돈과 명예에서 비교도 안되는 구멍가게를 하기 위해 낙향을 하는지 잘 이해가 되지 않았다.

✓ 시꼬꾸(四国) 출신으로 대학원에서 같이 공부하던 친구가 있는 데 훤칠하게 잘생겼을 뿐만 아니라 학문적인 재능도 있었다. 여학생한테도 인기가 있어서, 본 일은 없지만 사귀고 있는 여학생도 같은 과 출신의 미인이라고 소문이 나 있었다. 그런데 그 친구가 얼마 동안 학교에 보이지 않더니 어느 날 갑자기 머리를 빡빡 깎고 나타났다. 일본 학생

일본의 절

등이 머리를 빡빡 깎고 다니는 일이 드물지는 않지만 이상한 생각이 들어서 옆에 있는 친구에게 어떻게 된 일이냐고 물어보았다. 그랬더니 그 친구 대답이, 그의 아버지는 시꼬꾸에서 주지승으로 있는데 아버지 뒤를 이어서 중이

되기 위해서 이번에 연수를 받느라고 머리를 깎고 왔다는 것이었다. "그러면 사귀는 여학생도 중의 부인이 되어서 시꼬꾸로 따라간다는 말이냐"고 다시 물었더니 "물론"이라고 대답하는 것이다. 중도 세습하는 나라가 일본이다.

이와 같이 한 가지 일에 몇 대가 이어서 하는 것은 학문 분야에서도 볼수 있다. 김현구는 같은 책에서 『모로하시 대한화

『모로하시 대한화사전』

사전』의 성립 과정을 들려준다.

직업을 세습하고 직업에 성실한 것이 가문을 빛내는 일이 되니 일본인은 자기 일에 긍지를 가지고 전력을 다하지 않을 수가 없다. 『모로하시 대한화 사전(諸橋大漢和辭典)』이라는 13권짜리 한자사전이 있다. 이 책은 한자에 대해서 모든 뜻과 용례를 제시하고 있는 가장 완벽한 사전으로 우리 돈으로 100만원 이상 가지만 우리나라에서도 한문과 관련된 공부를 하는 학자라면 누구나 한 질은 가지고 있다. 오늘날에는 한자의 본고장인 중국에서도 이 사전을 수입해서 쓰고 있는 정도이다. 이 『모로하시 대한화사전』은 모로하시(諸橋)라는 사람이 일생을 걸쳐서 만들다가 너무 열중한 나머지 눈이 멀게 되어 나중에는 자기가 구술한 것을 아들에게 기록하게 하여 만든 책으로 유명하다. 눈이 멀면서까지도 자기 일에 전력을 다하는 이런 생각이 바로 직업의식일 것이다.[7]

이와 같이 우리가 일본의 장인 정신을 언급하는 것은 우리는 그렇지 못한데 일본인은 대단하다는 의식, 곧 일종의 부러움 곧 열등의식이 있기 때문이 아닐까. 만약 그렇다면 그것은 불필요한 열등의식만을 조장하는 측면이 있는 것은 아닐까.

정말 우리가 '장인 정신'을 높이 산다면, 한일 간의 장인 의식을 단순히 비교해서는 안 되고, 일본의 장인 정신을 미화해서도 안 된다.

김현구가 예시한 사례를 보자. 그는 같은 책에서 의대 입시와 관련된 다음과 같은 예화를 들려준다.

　　일본에 간 직후였다. 모 의과 대학에서 성적이 모자라는 학생을 기부금을 받고 입학시킨 사건이 발생하여 매스컴이 떠들썩했다. (중략) 대관절 그까짓 일을 가지고 왜들 이렇게 떠드는가 싶어서 신문 내용을 자세히 읽어보니, 기부금을 받고 학생을 입학시킨 데 대해서 신문의 논조가 둘로 갈라져 있어서 그렇게 소란스러운 것이었다. 비판적인 기사는 우리들이 흔히 생각할 수 있는 것으로 성적이 그렇게 모자라는 학생을 돈을 냈다고 해서 입학을 시킬 수 있느냐는 내용이라서 금방 이해가 갔다. 그런데 두둔하는 쪽의 내용이 재미있었다. 가만히 보니까 기부금을 내고 입학한 학생은 의사의 아들인데 그 학생의 입학을 두둔하는 신문의 논조는 그 학생이 성적은 다른 사람보다 모자라지만 의사의 가정에서 자라났기 때문에 몇 점의 성적보다도 더 값진 의사로서의 소양을 가지고 있을 수 있다는 것이었다.

7　그런데 『모로하시 대한화사전』을 사용할 때에는 주의를 요한다. 김현구는 언급하고 있지 않지만, 이 사전을 편집할 때 사실 대학원생이 참가했었다. 그래서 그런지 오류가 적지 않다.

계속해서 김현구의 같은 책에 소개되어 있는 세습 정치인의 예도
살펴보자.

　일본에서는 사적인 직업의 세습은 말할 나위가 없고 공적인 직업도 사회
적인 묵인 속에서 세습되는 일이 많다. 일본에서 2세 국회의원이 많다. 근래
에만 해도 하또야마(鳩山) 전 총리의 뒤를 잇는 그의 아들, 키시(岸) 전 총리의
후계자가 된 사위 아베 신따로오(安倍晋太郞), 타나까(田中) 전 총리의 뒤를 이
어서 당선된 그의 딸, 후꾸다(福田) 전 총리의 후계가 된 그의 아들 등 헤아릴
수 없을 만큼 많다. 그리고 활약이 돋보이는 사람들로는 미야자와(宮沢)·하
따(羽田) 호소까와 전 총리, 코노(河野) 전 자민당 총재, 일본 정계개편의 주역
인 오자와(小沢), 현 총리인 하시모또(橋本) 등을 들 수 있다. 1990년 총선에서
중의원에 당선된 자민당 의원 227명중 40%가 넘는 91명이 2세 의원이었다.
이것은 본인의 의사 못지않게 선거구민들이 그것을 인정해주고 있음을 의
미하는 것이다.

우리의 미디어는 위에서 살펴본 의대 입시와 세습 정치인에 나타난
대잇기의 사례는 교묘히 은폐하거나 축소한다. 또한 보다 근본적으로
일본인이 가문의 업을 계승할 때 어떤 심정으로 임하는가에 대해서도
폭넓게 살펴보지 않는다.

김현구는 같은 책에서 다음과 같은 '소바(메밀국수)' 가게의 예를 소
개한다.

　와세다대학 본교 캠퍼스와 문학부 캠퍼스 사이 네거리의 한 모퉁이에는
'산죠안(三朝庵)'이라는 조그만 음식점이 있다. 그 집 아주머니는 큐우슈우

출신으로 좀 수다스러웠는데, 내가 가면 자기 인척 중 누군가가 일제시대에
한국 사람과 결혼한 적이 있다고 친한 척하며 수다스럽게 말을 걸어오곤
했다. 그 아주머니는 산죠안이 그 자리에서만 100년 이상 장사를 해오고
있으며 산죠안이라는 간판으로 장사한 지는 300년이 넘었다고 하면서, 자기
집 소바(메밀국수)가 일본에서 제일 맛이 있다고 언제나 자랑을 늘어놓았다.
(중략) 그 아주머니는 케이오오대학과 와세다대학에 다니는 두 아들이 있는데
아무도 이 소바집을 물려받으려 하지 않는다고 불평을 늘어 놓으면서, 자기도
이 노렌(상점 앞 입구에 옥호를 써 걸어놓은 천. 이 경우에는 직업을 의미한다)의 중요성을
40이 넘어서야 깨달았는데 저 아이들이 지금 알겠느냐며 자기는 그들이 노렌
의 중요성을 깨닫고 돌아오기를 기다리고 있다고 했다.

노렌(왼쪽 편에 걸려 있음)　　　연말의 메밀 국수

『우동 한 그릇』

　　일본에서는 연말에 메밀 국수(年越しそば)를 먹으면서 다사다난했던 한해를 보낸다. 메밀 국수를 먹는 것에는 여러 가지 의미가 있다고 하는데, 장수를 바라는 심정도 들어 있다고 한다. 연말에 먹는 메밀 국수를 소재로 한 것이 바로 우리에게 잘 알려져 있는『우동 한 그릇』이다. 한국어 번역본도 나왔고, 연극으로도 상연되기도 했다. 잔잔한 감동과 인간미 그리고 일본의 정취를 전해 주는 명작이다.

　　일본에 있을 때의 일이다. NHK에서 여관의 '오카미(御上 혹은 女将)'에 대한 특집방송을 했다. 오카미는 여관 주인을 말하는데 보통 여자가 오카미의 역할을 수행한다. 그런데 그 여관의 오카미가 나이가 들어 더 이상 여관을 관장할 수 없게 되어 자기 딸에게 그 여관의 오카미를 하라고 권유하는 것이었다. 여관의 역사가 어떻고, 지금까지 유명한 누구누구가 왔다 갔고……. 하지만 그 여관집 딸은 다른 꿈이 있어 여관의 오카미가 될 수 없다고 고백한다. 하지만 어머니는 그를 끈질기게 설득한다. 그런데 며칠이 지난 후 그 여관집 딸이 마음을 바꾸어 오카미가 되겠다고 하는 것이다. 그러자 NHK는 아주 훌륭한 결정을 내렸다고 하면서 이 다큐멘터리를 마친다. 필자가 보기에는 어쩌면 이런 결말은 처음부터 예정되었던 것이 아닌가 하는 기분마저 들었다.

　　결국 미디어 등에 의해 조장된 일본의 장인 정신에 대한 우리의 부러움이, 우리에게 일본의 장인 정신을 빈번히 말하도록 만든다. 하지

만 그와 같은 우리의 부러운 시선이 배제된 상태에서 일본의 장인 정
신을 바라볼 때, 일본의 장인 정신은 그 진정한 모습을 우리에게 제대
로 보여줄 것이다.

7. 사제지간

우리가 일본에 대해 이야기할 때 빠지지 않는 것 중의 하나가 일본
에서의 '사제 관계'이다. 우리와 다른 일본의 '사제 관계'에 대해 구체
적인 사례를 살펴보기 전에, 먼저 일본의 대학 교육을 검토해 보자.

일본의 대학 교육 중 국립대학을 중심으로 하여 우리의 대학 교육
과 다른 점을 들면, 우선 학부제가 그것이다. 필자가 다녔던 홋카이도(北
海道)대학교의 학생들은 2학년 때까지는 교양학부에서 여러 학문을 접한

홋카이도대학교

후, 성적에 따라 자기가
가고 싶은 학과나 전공
으로 옮겨간다. 그런 면
에서 일본의 학부제와
우리의 학부제는 좀 비
슷하다. 하지만 다른 점
도 많다. 그중에서 대표
적인 것이 졸업논문이

다. 우리나라도 예전에는 졸업논문이라는 제도가 있었지만 취업 등의 이유로 거의 모든 대학이 졸업논문 대신에 자격증이나 졸업시험으로 대체하고 있다. 반면 일본의 국립대학은 졸업논문을 내지 못하면 졸업을 할 수 없고, 그래서 졸업논문을 내는 마지막 날은 가히 장관이다. 이들은 졸업논문을 쓰기 위해 3학년에 올라가자마자 논문을 지도해 줄 교수 밑에서 2년간 그 선생의 세미나에 참석하면서 졸업논문을 쓴다. 예를 들어 일본학을 테마로 하여 졸업논문을 쓰고자 하는 학생은 3학년 때부터 논문을 지도해 줄 교수의 세미나만 집중적으로 들어가서 발표 등을 통해 졸업논문의 길에 입문한다. 따라서 자연스럽게 특정 교수와 친밀해 질 수 있고, 그 교수의 추천서 등을 받아서 취업을 하기도 한다.

일본에 유학 가기 전에 들었던 이야기 중에 '일본의 대학생은 공부를 열심히 하지 않는데, 대학원생은 정말로 열심히 공부한다'는 것이 있었다. 그런데 적어도 필자가 공부했던 대학의 경우, 이 말은 반 정도는 맞고, 반 정도는 틀린 말이었다. 곧 '일본의 대학생 중에도 공부를 열심히 하는 학생이 비교적 많았고, 대학원생 중에도 정말로 열심히 공부하지 않는 학생도 꽤 있었다'는 것이다. 여하튼 여기서는 대학원생의 경우를 들어 이야기를 진행시키겠다. 필자의 지도교수는 당신의 연구 분야에서는 1인자라고 자타가 공인하는 분이었다. 그런데 이 교수의 세미나에는 3가지 원칙이라는 것이 있었다, 첫째, 발제문을 발표일보다 1주일 전에 제출할 것(왜냐하면 선생과 학생들이 예습하기 위해서이다), 둘째, 세미나에 들어오면 반드시 질문할 것(학생의 적극적인 참여를 위해서다), 셋째, 비판을 할 때에는 반드시 근거를 제시할 것. (단순한 감상을 배제한다는 뜻이다.) 그리고 이 3원칙을 필자는 유학 기간 내내 지키고자 노력했다.

그런데 김현구는 『김현구 교수의 일본이야기』에서 다음과 같은 흥미로운 에피소드를 소개한다.

> ✔ 일본 사회만이 아니고 일본 학생들도 좀 이상했다. 대학원의 지도교수라고 하면 적어도 10년 동안 일주일에 한번 이상씩 만나서 지도를 받아야 하는 분으로, 옛날처럼 군사부일체는 아니더라도 절대로 가볍게 생각할 수가 없다. 내 지도교수는 학문적으로도 대단히 훌륭한 분일뿐만 아니라 인격적으로도 흠잡을 데가 없었다. 그런데 학생들은 존경심은 고사하고 선생에게 존칭도 쓰지 않을 뿐만 아니라 험담도 예사로 하고 선생님의 연구실에서 담배도 피워대는 등 도대체 예의라든가 버릇이라고는 조금도 없는 것이었다.

> ✔ 내가 한국에서처럼, 연구실에 앉아 있다가 선생님이 들어오시면 일어서서 인사를 하고 앉는다든지 술집에서 선생님에게 먼저 술을 따라드린 뒤에 마시는 등 일상적인 습관대로 했더니 내가 아부를 한다고 수군대기까지 하는 것이었다. '상놈의 자식들이라 할 수가 없구나'하고 생각했다.

인용문에도 이미 나왔지만 필자도 연구실에서 공부할 때 김현구와 비슷한 경험을 적지 않게 했다. 즉 연구실에서 공부하고 있을 때, 지도교수가 갑자기 연구실로 들어오면 벌떡 일어나 인사를 드렸다. 그러나 옆에서 공부하고 있던 다른 일본 학생은 그러지 않았다. 시간이 지남에 따라 필자도 차츰 일본 학생과 같은 행동을 취했다. 나중에 들은 이야기이지만, 사실 지도교수는 공부하다가 벌떡 일어서서 인사하는 필자가 좀 부담스러웠다고 한다. 또한 미안하다는 느낌도 가졌다고 한다. 공부를 당신이 방해하지는 않았나 하는 생각이 들어서였다고 한다.

또한 일본의 대학생과 대학원생은 자신들을 가르치는 교수의 험담도 잘한다. 필자가 다녔던 대학에 나카야마(中山)라는 교수가 있었다. 젊고 샤프한 교수여서 그 선생님에게 지적 감화를 많이 받았다. 그런데 이 교수님이 계시지 않는 곳에서나 교수님 앞에서나 학생들은 교수님의 헤어스타일에 대해 자주 말하는 것이었다. 이분은 대머리였다. 그런 말을 들은 때면 어떻게 처신해야 할 지 몰라 어리둥절했지만, 해당 교수나 일본인 학생은 별로 신경 쓰는 것 같지 않았다. 적어도 겉으로는. 한정된 경험이긴 하지만, 필자가 느끼기에 일본의 선생, 특히 대학교수는 학생에게 지식 전달에 중점을 두는 것 같다. 학생도 또한 교수에게 지식을 전수받는 것에 만족하는 것 같다. 다시 말해서 일본의 대학교수는 '인성'에 대한 '설교'를 하지 않고, 일본 대학생과 대학원생도 또한 교수의 '설교'를 듣기 싫어한다. 결국 일본의 대학교수는 '○○대학'이라는 '회사'에 근무하는 '사원'과 같았다.

일본에서 약 8년 정도 있으면서 몇 년간 고등학교와 대학에서 교편을 잡은 적이 있다. 여기서는 고등학교에서 겪을 경험을 토대로 일본의 선생과 학생의 관계를 엿보고자 한다. 삿포로(札幌)의 한 고등학교에서 3년 가까이 한국어를 가르쳤다. 그런데 재미있는 것은 필자를 부르는 학생들의 호칭이었다. 어떤 학생은 '박(朴)'이라고 부르기도 하고,

일본 고등학생과 필자

어떤 학생은 '박선생님(朴先生)'이라고 부르기도 했다. 일본에서는 일반적으로 성(姓)에다가 '상(さん)'이라는 존경을 나타내는 말을 붙여서 부르기에, '박선생'이나 '박상'이라는 호칭에는 수긍이 갔지만, '박'이라고 부르는 것에는 좀 납득이 가지 않았다. 그런데 흥미로운 것은 학생들이 나에게 친밀감을 느끼면 느낄수록 '박'이라고 부르는 것이다. 한편 아침에 복도에서 학생들을 만나면 '안녕(오하요우)'이라고 말했다. 그러면 학생들의 반 정도는 '안녕하세요(오하요우고자이마스)'라고 했지만, 나머지 반 정도는 '안녕(오하요우)'이나 '웃하(안녕보다 더 가볍게 하는 인사. 보통 중고등학교 여학생들이 친구끼리 하는 인사말)'라고 대답하는 것이다. 일본의 중등학교에서의 선생과 학생의 관계는 '친구' 관계이고, 교사도 그런 관계를 그리 싫어하지 않는 것 같았다.

결국 이상과 같은 일본의 '사제 관계'에 대해 김현구는 같은 책에서 아래와 같이 지적한다.

결국 농업사회가 산업사회로 변하면서 자녀가 부모와 별거를 하는 현상이 나타난다. 그러니 산업화가 우리보다 일찍 진행된 일본에서 그 현상이 우리보다 빨리 나타났을 따름인 것이다. 사실 요즈음에는 우리나라에서도 부모와 자식 간의 별거가 보편화되고 있고 부모 쪽에서도 오히려 그것을 편하게 생각하기까지 한다. 부모와 자식의 관계가 이러하니 학생들도 선생들을 맹목적으로 존경할 턱이 없고 선생들 역시 학생들을 위해서 정을 쏟을 리가 없다. 선생과 학생들의 관계도 부모와 자식의 관계와 마찬가지로 산업사회에 합당한 관계로 바뀌어가고 있는 것이다.

김현구의 사례를 통해 알 수 있는 것은, 혹시 우리는 우리의 '사제 관계'로 일본의 '사제 관계'를 평가해서, 우리의 것이 그네들의 것보다 바람직하다는 가치판단을 내리고 있는 것은 아닌가 하는 것이다. 만약 그렇다면 우리의 기준 곧 유교적인 덕목을 절대 기준으로 하여 일본의 문화를 바라보는 우리의 태도를 재고해 봐야 하지 않을까. 왜냐하면 일본인들은 그들의 기준으로 우리의 '사제관계'를 바라볼 것이기 때문이다.

8. 안전한 일본 사회

우리는 흔히 '일본은 안전한 사회'라고 말한다. 한마디로 범죄율 등이 낮아서 시민이 안심하고 살 수 있다는 것이다. 이에 대한 김현구의 이야기를 들어보자.

그는 『김현구 교수의 일본이야기』에서 다음과 같은 사례를 제시한다. 반복되는 예도 있지만 인용한다.

> ✔ 대학강단에 선 지 벌써 10여 년이고 보니 일본 역사를 공부하겠다고
> 해서 일본에 유학을 보낸 학생들이 벌써 10여 명이다. 몇 년 전에 일본
> 에 갔더니 한국에서 지도교수가 왔다고 해서 그 학생들이 한자리에
> 모였고 이런 저런 이야기를 하다가 결국은 일본 사회에 대한 이야기가
> 화제에 올랐다. 그중 한 학생이 "밤 열두 시가 넘은 고요한 시간에
> 공부를 하고 있으면 간혹 1시를 넘었는데도 딸가닥딸가닥 하이힐 소
> 리가 들립니다. 새벽 1시에도 여자 혼자 골목길을 걸어갈 수 있다는
> 사실이 일본 사회가 얼마나 안정되어 있는가를 잘 말해주는 것 같습니
> 다." (중략) 결국 그날 모임에서는 일본에 대한 칭찬으로 보이더라도
> 흔히 일본의 장점이라고 하는 질서 의식과 사회안정 등에 대해 과감히
> 말해줄 필요가 있다는 결론에 도달했다.

> ✔ 오래 전 일인데 일본에서 세계 사회학자 대회가 열린 적이 있다. 거기
> 참가한 사람들이 일본 사회의 한 단면을 보기 위해 러시 아워에 신쥬
> 꾸역에 가서 일본 사람들의 출퇴근 모습을 보기로 했다. 신쥬꾸역은

러시 아워에 수십만 명이 이용하여 가히 교통지옥을 이루는 곳으로 토오쿄오에서 가장 복잡한 역 가운데 하나다. 그 속에서 일본 사람들이 어떻게 행동하는가를 살피려고 했던 것이다. 그들의 결론은 "도대체 이 상황에서 한 건의 사고도 일어나지 않는 게 믿어지지 않는다"는 것이었다. 그 복잡한 러시 아워에도 작은 사고 하나 내지 않고 질서 있게 조용히 움직였으니 말이다.

위의 인용문에서 '일본 사회는 치안이 좋다'는 메시지가 전달된다. 한편 김현구는 같은 책에서 이와 같은 안전한 일본 사회는 질서 의식과 시민 의식이 있는 일본 국민에 의해서 지켜진다고 지적한다.

일본인들의 질서 의식을 단적으로 보여준 사건이 1995년 1월 17일에 일어난 코오베 대지진이다. 10여 년 전 뉴욕에서 열 시간 가량 정전된 일이 있었는데 그때 뉴욕시는 강도, 약탈로 온통 무법천지가 되었다. 그리고 몇 년 전 LA폭동 때도 역시 약탈, 방화로 무법천지가 된 그곳의 텔레비전 화면을 우리는 아직도 생생하게 기억하고 있다. 그러나 코오베 지진에서는 5천 명 이상이 죽고, 2만 명 이상이 부상당하고, 이재민이 30만 명 이상이 발생했으며 8만 채 이상의 건물이 파손됐는데도 불구하고 강력사건 하나 발생하지 않았다. 빵 한 조각 물 한 병을 구하기 위하여 장사진을 친 사람들이 몇 시간씩 흐트러지지 않고 조용히 기다리는 모습은 전세계를 놀라게 했고, 어쩌다가 운이 좋아서 경제적으로 부자가 된 졸부의 나라쯤으로 알고 있던 일본을 세계 사람들에게 다시 인식시키는 계기가 됐다.

결국 우리가 일본 사회의 치안이나 일본 국민의 질서 의식 및 시민 의식에 주목하는 것은 우리 사회와 우리 국민은 그렇지 못하다는 의식이 깔려 있기 때문이 아닐까? 하지만 일본 사회가 반드시 안전한 사회인 것만은 아니다.

찐원쉐와 찐밍쉐가 드는 사례를 보자. 그들은 『일본문화의 수수께끼』에서 치한과 여자 속옷 도둑의 예를 든다.

세계 어느 나라를 막론하고 여성의 안전을 위협하는 악질 범죄로서 강간을 들 수 있지만, 일본에서는 강간 사건은 극히 드물다. 대신 명물이 있는데 그것은 만원 전차 안에서의 치한과 여자 속옷 도둑이다. (중략) 일본에 치한과 속옷 도둑이 많은 것은 성적인 욕망이 억압당하거나 스트레스가 많이 쌓인 탓이라고 한다. 회사에서는 성실한 사원이고 집에서는 좋은 남편이지만, 그 스트레스를 해소할 길을 찾다 속옷 도둑이 된다는 애기다.

일본에서 1년 이상 체류해 보면 그들이 드는 사례는 결코 극단적이거나 예외적인 사례가 아니라는 것을 알 수 있다.

또한 일본에서는 '토오리마(通り魔)사건'이 빈번히 발생한다. '토오리마사건'이란 문자 그대로 '돌아다니는 악마' 사건으로 불특정한 사람을 살해하는 사건이다. 그 특징이 흥미로운데, 그들은 보통 뒤에서 다가오다가 식칼로 상대를 찌르고 도망가는 수법을 쓴다. 보통 자전거를 타고 다니거나 골목길에 숨어 있다가 사건을 일으키곤 한다. 그리고 최근에는 부부 사이나 남매 간에서 토막 살인 사건이 종종 발생하고 있다.

사실 일본 내에서는 일본은 결코 안전한 사회가 아니라는 자성의 목소리가 높다. 앞에서도 나왔지만 먼저 1995년 1월 17일 일본 간사이(関西) 지방 효고(兵庫) 현 남부의 고베(神戸) 시 지역에 발생한 한신아와지(阪神淡路) 지진의 경우를 보자. 이 지진은 일본의 지진관측 사상 최대의 큰 피해를 준 지진으로 기록되었다. 진도 7.2의 강진으로 그 피해액이 무려 1,400억 달러로 추정되는데, 피해 상황은 사망자가 6,300여 명, 부상자가 2만 6,804여 명, 이재민이 약 20만여 명에 이른다. 또한 물적 피해 규모는 14조 1,000억 엔에 이른다고 한다. 이로써 조선 철강의 중심지인 고베 시의 수많은 건물과 공장시설 및 고속도로, 철도, 통신시설 등이 파괴되어 이 지역의 산업 활동이 마비되었다. 주민들의 일상생활에도 많은 고통을 주었던 것은 말할 필요도 없다. 그리고 이 지진의 후유증은 지금까지도 이어지고 있다. 이 지진이 일본 사회에 준 충격은 인적 및 물적 피해만이 아니었다. 웬만한 지진에는 견딜 수 있도록 내진 설계된 건물들이 너무나도 허무하게 붕괴됐기 때문이었다. 이 지진은 일본은 안전하다는 신화가 산산이 깨지는 계기가 되었던 것이다.

다음으로 '지하철 사린 사건'을 보자. '지하철 사린 사건'이란 1995년 3월 20일에 발생한 것으로 옴진리교 신도들이 동경 지하철 전동차 안에 맹독성 가스인 사린가스를 살포한 사건이다. 이 사건이 일본 사회에 충격을 준 것은 이것이 특정한 사람을 상대로 한 테러가 아니라 불특정 다수의 시민을 살상할 목적으로 했다는 것이었다. 옴진리교의 교주인 아사하라 쇼코(본명 마쓰모토 치즈오)의 지시를 받은 신도가 교주의 종말론 예언을 실현하기 위해 테러를 했다고 한다.

좀 지난 자료이기는 하지만 『일본인의 데이터』는 일본의 범죄 발생률에 대해 다음과 같이 전한다.

> 2002년의 범죄(형사범) 발생건수는 약 285만 건이다. 불과 4년 전인 1998년에 비해 40% 이상이나 범죄가 증가했다. 예전에 일본은 '세계에서 가장 안전한 나라'라고 불렸지만 이젠 그 말은 통하지 않게 된 것 같다. 더구나 범죄 내용은 흉악사건과 소년범죄가 눈에 띠게 되었다. 살벌한 세상이 되어가고 있는 것이다. 예를 들면 강도는 1998년에 비해 2배 이상이 증가한 7,000건이다. 또한 협박 사건은 2.4배가 증가해 2,400건이나 되었다. 그리고 2000년에 발생한 20살 미만의 범죄는 14만 2,000건으로 전해에 비해 증가했다. 그것도 살인과 같은 흉악범죄의 저연령화가 눈에 띤다. 한편 인터넷 체팅을 통해 성범죄에 말려드는 미성년자도 많아지고 교사나 경찰관까지 매춘용의로 체포되기도 한다.[8]

그렇다면 '일본은 안전한 사회라는 신화'는 어떻게 생산되었을까? 전여옥의 이야기를 들어보자. 그는 『일본은 없다 1』에서

> 내 머리속에는 언제나 이 돈을 가지고 서울에서는 또 뉴욕에서는 어떤 생활을 할 수 있을까를 그리고 있었다. 절대적으로 물가가 비싼 일본만 벗어나면 영화배우들의 초호화생활도 흉내낼 수 있었기 때문이다. 그러나 해외관광은 했으되 해외에서 산 적은 없는 일본인들은 이러한 상황을 이해하지 못

---

8 話題の達人俱樂部(編), 『日本人のデータ』, 青春出版社, 2004年 10月.

한다. 해외여행을 가서 호텔 방 안에서 '미소시루(みそしる)' 분말수프로 된 장국을 끓여 미니 전기밥솥에다 일본에서 사가지고 간 쌀로 밥을 지어 '우메보시(うめぼし)'로 반찬해 먹으며 감격해 하는 사람들이 바로 일본인이다. 나는 많은 일본인들이 그래도 일본이 가장 깨끗하고 치안도 안전한 살기 좋은 곳이라고 단순히 생각하는 데 무척 놀랐다. 그리고 외국을 너무도 모르고 특히 아시아를 모르고(한국에서 가스레인지를 쓰는 가정도 있냐고 내게 묻는 일본인도 있었다) 그저 일본이 최고라고만 생각하는 데 놀랐다.

고 지적한다. 이 가운데 특히 일본인이 막연하게 일본은 안전한 사회라고 느끼고 있다는 대목은 눈여겨 볼만하다. 사실이 그렇기 때문이다.

여하튼 필자는 여기서 일본이 비교적 안전한 사회라는 것과 일본 시민의 질서 의식 및 시민 의식을 폄하하고자 하는 것이 아니다. 오히려 초점은 우리에게 있다. 즉 일본 사회와 일본 시민에 대한 우리의 막연한 열등의식을 비판적으로 재고해 보는 기회를 갖자는 것이다.

9. 일본화

삿포로(札幌)에서 약 8년 가까이 유학을 했다. 삿포로라고 하면 눈축제(雪祭り)와 라면 등으로 유명한 곳이다. 또한 최근에는 한국 가수들이 뮤직비디오를 많이 찍는 장소의 하나로도 잘 알려져 있다. 일본 유학

생활의 마지막 2년을 아파트에서 보냈는데, 그 아파트의 바로 근처에 비교적 유명한 라면집이 있었다. 우리나라에도 잘 알려져 있듯이 일본 가게에는 입구에 옥호를 써 놓은 천인 '노렌(暖簾)'이 있다. 또한 이 노렌과 더불어 '노보리(幟)'라는 것이 있다. 이 노보리란 곧 그 가게에서 보통 무엇을 파는가를 간단명료하게 적어 놓은 것인데, 일본에 있을 때 무척 신기하게 본 기억이 있다. 더불어 인도에 놓여 있는 노보리는 인도를 걸을 때 무척 방해가 됐던 기억도 있다. 그런데 이와 비슷한 것이

↑ 한국식 노보리
←노보리

2000년을 전후로 하여 우리나라에서도 보이기 시작했다.

김현구는 이와 같이 우리가 일본의 것을 모방했거나 했을 거라고 의심되는 것에 대해 '일본화'라는 코드로 비판한다. 김현구는 『김현구 교수의 일본이야기』에서

우리의 문화가 어디까지 우리 것이고 어디까지가 일본적인 것인가를 먼저 점검해보자는 이야기이다.

고 말한다. 곧 김현구는 우리 문화의 '일본화'를 지적하고 있는 것이다. 그러면서 같은 책에서 다음과 같은 에피소드를 들려준다.

✔ 신문 제목을 보면서 신문열람실을 한바퀴 돌고 있는데 '군사훈련 반

대데모'라는 『토오꾜오신문(東京新聞)』의 대문짝만한 기사가 눈에 확 띄었다. 그걸 보는 순간, '아, 한국에서 또 대학생들이 군사교련 반대 데모를 했나 보다' 생각되어 긴장된 마음에서 그 기사를 자세히 읽어보았다. 그런데 한국에 대한 기사가 아니라 당시에 나까소네 수상이 등장하여 일본열도를 난공불락의 요새로 만들겠다는'일본열도 불침 항공모함'설 등 군국주의를 지향하는 발언을 계속하자, 군국주의가 등장하려는 움직임을 견제하기 위해서 토오꾜오신문이 패전 전에 찍었다가 정부당국에 의해 배포를 중단당했던 와세다대 학생들의 '군사훈련' 반대 데모 기사를 다시 게재한 것이다. 그 내용을 보는 순간, 어쩌면 '군사교련'이라는 제도나 말까지 4, 50년 전 일본에 있던 것을 그대로 모방했는가 싶어서 양다리에서 힘이 쭉 빠지는 것을 느꼈다. 우리 사회가 너무나 일본을 닮은 것이다.

✓ (일본의, 인용자) 지도교수가 "한국에 가는 것이 위험해서 9월에 교환교수로 가는 것을 취소했다"고 하시면서 "텔레비전을 보니까 시민들이 총을 가졌던데 한국에서는 어떻게 시민들이 총을 가질 수가 있느냐?"고 물으시는 것이다. 그래서 한국의 향토예비군제도에 대해서 설명해 드렸더니 "아, 옛날에 일본에 있던 것과 이름도 똑같네" 하고는 민방위훈련, 반상회 등등으로 화제를 옮겨가시면서 과거에 일본에 있던 이런 제도들이 지금 한국에 있느냐고 물어보셨다. 그러고는 "하기에 박대통령이 일본 육군사관학교에서 공부를 했으니까 그런 제도에 대해서 잘 알고 있었을 거야'하시는 것이었다. 나는 그 말씀에 창피해서 쥐구멍에라도 들어가고 싶은 심정이었다. (중략) 향토예비군, 민방위

훈련, 반상회 등이 우리나라에서 만들어진 것으로만 알고 있었는데 4,50년 전에 일본에 있던 제도를 그대로 도입한 것이 아닌가. (중략) 사회의 바탕이 다르면 단순히 이름이나 제도만 도입될 수는 없는데 우리 사회가 이만큼 일본을 구조적으로 닮았다는 말인가 하는 생각에 맥이 탁 풀렸다.

위의 인용문은 김현구가 일본에서 유학할 때 체험했던 에피소드인데, 결국 우리가 일본의 제도를 적지 않게 모방했다는 것을 말하고 있다. 이런 현상이 발생하게 된 것은 불행하게도 우리가 일제의 식민지로 전락하게 된 역사적 배경과 깊이 관련되어 있다.

일본에서 공부할 때의 일화인데, 대학원 세미나에서 지도교수가 일본의 국문법에서 나오는 '순행동화'와 '역행동화'를 설명했다. 필자는 그 용어와 의미를 알고 있었는데, 흥미로운 것은 이 용어를 같이 공부했던 일본인 대학생과 대학원생은 모르고 있었다는 것이다. 지도교수는 필자에게 "순행동화와 역행동화라는 용어를 어디서 배웠냐?"고 물었다. 이 질문에 솔직히 대답하지 않았다. 이 용어는 일본이 독일어를 번역해서 만든 말인데, 일제강점기에 유입된 후, 그대로 우리의 국문법에 남아 있게 된 것이기 때문이다. 사실 우리 국문법에서 사용하는 용어 가운데 일본어가 아닌 것이 과연 얼마나 있을까?

김현구는 우리의 '일본화'는 여기에 그치는 것이 아니라 최근에는 더욱 심해졌다고 한다. 그는 같은 책에서 택배(宅配), 백화점에서의 인사법, TV 프로그램, 노래방을 그 예로 든다. 차례대로 살펴보자.

✔ 어느 날 고등학교에 다
니는 큰 애가 나를 빤히
쳐다보면서 알 수 없다
는 표정으로 "아빠 택
배가 뭐에요?" 하고 물
어보는 것이었다. (중략)
일본에서는 화물 운송

택배(宅配) 자동차

을 부탁하면 받을 사람의 집까지 물건을 직접 배달해주는 회사가 있는
데 '집(家)'까지 화물을 '배달(配)'해준다고 해서 '택배회사'라고 한다는
설명과 함께 아마도 우리나라의 택배는 일본말을 그대로 붙인 이름일
거라고 이야기해주었다. 그랬더니 큰애는 고개를 갸우뚱하면서 "우리
나라 사람이 알아볼 수 있는 이름으로 하면 안돼요?" 하고 반문하는
것이었다. 우리나라에서 뜻이 통하든 않든, 우리나라 사람들이 알든
모르든 무엇인가 일본 것을 본뜬 다음 일본 이름을 그대로 갖다 붙이
고 보는 것이다. 그러는 사이에 우리 사회는 구조적으로 일본화되고 있
는 것이다.

✔ 한때 텔레비전 드라마 [모래시계] 등을 위시해 폭력배가 등장하는 드
라마가 선풍적인 인기를 끌었다. 복잡하고 답답한 현대사회에 식상해
있는 사람들에게 무엇인가 후련함을 느끼게 해주기 때문이 아닌가 생
각한다. 그런데 드라마에 나오는 폭력배들을 보면 보스가 출입을 할
때 부하들이 양쪽에 쭉 도열해 있다가 허리를 90도로 굽혀서 인사를
한다든가 방안에서 질서있게 도열해 앉아 있다가 고개를 깊숙이 숙여

인사를 하는 광경을 심심치 않게 볼 수가 있다. 백화점에서 종업원들이 도열해 있다가 허리를 90도로 굽혀서 인사를 하는 것도 비슷한 예다. 일본의 폭력배나 백화점에서 하는 행동과 너무도 닮아서 좀 역겨움을 느끼게 한다.

✓ 오늘날 대중들에게 가장 영향력이 큰 것이 텔레비전이나 신문임을 말할 나위가 없다. 그런데 텔레비전 프로그램이 내용이나 구성에서 일본 것을 많이 모방하고 있는 것은 널리 알려진 사실이다. 특정 프로그램이 일본의 것을 모방했다는 지적은 프로그램 개편이 단행될 때마다 누누이 지적되곤 한다. 소재, 포맷은 물론 제목, 스튜디오 구성까지 일본에서 방송중인 프로그램을 그대로 복사한 것이 버젓이 방송되는 예도 있다 한다. (중략) 내가 "텔레비전도 문제지만 신문은 더 문제라고 생각한다. 예를 들어 요즈음 신문들이 너나없이 'YS 가신(家臣) 그룹' 어쩌고 하는 표현을 쓰는데 이는 일본말이고 그것도 봉건제사회에서 쓰던 말이다. 그런데 신문들이 입만 뻥긋하면 일제잔재 청산 어쩌고 하면서 도대체 어떻게 이런 표현을 쓸 수 있으며, 더욱 한심한 것은 의식 있는 국민들이 성금을 모아 만들어준 모 신문사까지도 이런 표현을 서슴없이 쓰고 있으니 더 이상 말할 필요가 있겠느냐" 하면서 그 이야기의 끝을 맺었다.

✓ '노래방'만큼 단시일에 한국 사회를 휩쓴 것도 없을 것이다. 노래방은 일본이 전자업계의 불황을 타개하기 위해 고안해낸 것으로 한국이나 동남아에서 공전의 인기를 누리고 있다. 사실 회사원을 중심으로, 국

민학생에서 대학생 그리고 주부에서 노인에 이르기까지, 도시와 농촌을 불문하고 한번쯤 노래방에 안 가본 사람이 거의 없을 정도다. 가족끼리건 친구끼리건 무슨 모임이 있어서 한잔하고 나면 한번쯤 갈 만큼 노래방은 큰 인기다. (중략) 그런데 (중략) 생각해보니 좀 이상했다. 한국에서는 나 같은 사람도 갈 정도로 일본 사람들이 만든 노래방이 유행하는데 구미(歐美)에서는 왜 노래방에 대해 전혀 반응이 없을까 하는 생각 때문이었다. 우리 민족이 원래부터 모여서 노래하기를 좋아하는 면도 있을지 모르지만, 우리 사회의 정서가 얼마나 일본화되어 있기에 일본에서 만들어진 노래방이 금방 우리나라에서 받아들여질까 하는 것이다.

물론 김현구가 드는 우리의 '일본화'의 사례 가운데 '정말 그런가?' 하는 의구심이 드는 예도 없는 것은 아니다. 예를 들면 '노래방'이 그렇다.
강준만은 『대중문화의 겉과 속』에서 '노래방'에 대해 설득력 있는 설명을 한다. 그가 말하고 있는 내용을 요약하면 다음과 같다.

『대중문화의 겉과 속』

되돌아보면 한국의 눈부신 경제발전은 철저하게 문화를 희생하는 것으로써 얻어진 것이다. 최근에 와서야 겨우 놀이 문화라는 말이 종종 사용되게 되었으나 옛날에는 놀이라는 말 자체가 부정적인 의미로써 사용되었던 것을 떠올릴 필요가 있다. 새마을 노래가 울리는 건설 현장에서 문화라고 하는 것은 한마디로 말하면 사치였다. 정부는 놀이 문화의 육성에는 전혀 관심을 보이지 않았다. 그러나 인간은 과연 놀지 않고 살 수 있을까? 그것이 불가능하다면 대중이 고를 수 있는 선택지라는 것은 이미 정해진 것이 아닌가. 놀이 공간이 전혀 없는 상황에서 최소한의 비용으로, 아니 비용조차 들지 않는 놀이가 무엇인가? 그것은 노래이다. 가요이다. 그래서 소풍 갔을 때에도 술을 마실 때에도 노래를 마구 불러댔던 것이다. 필사적으로 불렀던 것이다.[9]

따라서 '노래방'이라는 '닫힌 공간'에서 노래를 부른다는 형식은 일본에서 들어왔다고 하더라도, 한국에서 '노래방'이 급속도로 퍼진 것이 반드시 '우리 사회의 정서'가 '일본화'되었기 때문이라고는 보기 힘들다.

문제는 우리가 '일본화'되었느냐 아니냐가 아니라 오히려 왜 '일본화'에만 그렇게 많은 신경을 쓰느냐가 아닐까? 다시 말해서 미국은 대국이라고 인정하면서, 그리고 미국 문화는 글로벌스탠더드라고 생각하면서 우리의 '미국화'에 대한 비판은 실종된 상태에서, 유독 '일본화'에만 자성의 목소리가 크다는 것이다. 여기에는 혹시나 일본의 사회와 문화를 제대로 인정하고 싶지 않은 의식이 강하게 내포되어 있는 것은 아닐까.

9　강준만, 『대중문화의 겉과 속』, 인문과 사상, 2003년 7월.

1. 김소운과 『목근통신』

구정호는 「현대 일본문화와 사회의 이해」에서, 근래에 일본문화 내
지는 한일문화 비교에 관한 서적이 많이 출간되었는데, 이러한 서적의
효시는 아마도 김소운의 「목근통신」이라고 추정한다.[1] 그의 이런 추
정은 타당할 것이다.

1908년에 태어나 1980년에 73세의 나이로 타계한 김소운은 「가난
한 날의 행복」이라는 글로 우리들에게 잘 알려져 있는 수필가이다. 그
는 1951년에 부산의 국제신보에 「목근통신」을 연재했고, 이후 이것은
일본의 중앙공론(中央公論)에 일본어로 소개되어 일본 사회에 널리 알려
지게 된다. 한편 한국에서도 예전에 「목근통신」의 일부가 교과서에 실
리기도 했다.

---

1 구정호(외), 「현대 일본문화와 사회의 이해」, 『스모남편과 벤토부인』, 2003년 12월.

사와 토모에(沢友恵)

　1971년 가나가와 현(神奈川県)에서 태어난 사와 토모에. 그의 아버지는 일본인이고 어머니는 한국인이다. 그리고 그의 외할아버지가 다름 아닌 김소운이다. 가수인 그는 1998년에 한국에서 최초로 공식석상에서 일본어로 공연하였다. 요즘도 가끔 내한하여 콘서트를 열기도 한다. 그의 노래 가운데에는 한국인과 일본인의 부모 사이에서 태어난 그가 자신의 정체성을 묻는 가사가 있다. '나는 누구일까요'가 그것이다.

　김소운은 1951년에 발표한 「목근통신」에다가 일본을 테마로 한 몇몇 수필을 더해 1973년에는 『목근통신(외)』(삼성문화문고)를 출간한다. 그리고 이것을 아롬미디어는 2006년에 『목근통신: 일본에 보내는 편지』로 다시 간행했다.

『목근통신』 (왼쪽) 삼성문화문고, (오른쪽) 아롬미디어

　김소운이 「목근통신」을 집필하게 된 데에는 동기가 있었다고 한다. 즉 1950년 9월 10일호 잡지 『선데이 마이니치(サンデー毎日)』의 권두

에 「한국전선[2]에 종군하여」라는 좌담회 기사가 실렸다. 거기에 참석한 사람은 UP통신의 특파원, 뉴스위크 부주필 그리고 『선데이 마이니치』의 기자, 총 3명이었다. 그런데 김소운이 보기에 그들이 나눈 좌담회의 내용이 기가 찬 것이었다. 그가 느낀 바를 『목근통신 : 일본에 보내는 편지』에서 인용해 본다.

> 기탄없고, 솔직한 점으로 보아 그 이상 바랄 수 없으리만치 한국의 약점을 찌른 명담(名談)이요, 쾌변이었습니다. 도시니 촌락이니 할 것 없이 온통 구린내 천지란 이야기, 독가스는 없어도 구린내에 코가 떨어지지 않으려면 가스 마스크가 필요하다는 이야기, 길거리에서 보는 거지며 부랑아들 이야기……, "무슨 죄를 졌기에 이런 나라를 위해 전쟁까지 해주어야 하느냐?" "소련을 응징(膺懲)하는 것이 이번 전쟁의 목적이라면 차라리 이런 나라는 소련에게 주어 버리는 것이 더 효과적이 아니야?" 등등, 바로 한국인의 심장에 비수를 겨누는 언언구구(言言句句) 기고만장(氣高萬丈)한 대경구(大警句) 들이었습니다.[3]

결국 김소운은 『선데이 마이니치』에 실린 좌담회 기사에 반발해서 1951년에 국제신보에 「목근통신」을 연재했던 것이다. 그리고 그해 11월에는 『설국(雪国)』의 작가로 우리에게 잘 알려져 있는 가와바타 야스나리(川端康成)의 추천으로 일본잡지인 중앙공론에 일본어 번역이 실리

---

2 한국전쟁 곧 6·25를 가리킨다.
3 김소운, 『목근통신 : 일본에 보내는 편지』, 아롬미디어, 2006년 8월.

게 되어, 일본에 소개되었다. 일본어판 『목근통신』은 일본 사회에 큰 반향을 일으켰던지, 대학교재로도 쓰였고 몇 쇄나 인쇄되었다고 한다.

가와바타 야스나리 『雪国』

가와바타 야스나리의 『雪国』는 우리에게 친숙한 작품이다. 따라서 한국어 번역본도 적지 않다. 한국어 번역본의 제목은 거의 『설국』인데, 필자가 살펴본 바로는 임종석만이 『雪国』를 『눈 고장』(제이앤씨, 2008년 8월)으로 번역했다. 한편 미국에서는 『雪国』를 『Snow Country』로 번역하고 있다. 그렇다면 『雪国』는 『설국』으로 번역해야 할까, 『눈 고장』으로 번역해야 할까? 결론부터 말하면 『雪国』를 『유키구니』로 번역하고 싶다. '雪国'를 고유명사로 취급하겠다는 것이다. 이유는 간단하다. 우리나라에는 일반적으로 '설국'이라고 불리는 곳도, '눈 고장'이라고 불리는 곳도 없기 때문이다. 또한 눈이 많이 내리기로 유명한 일본의 홋카이도(北海道)에서도 '雪国'라는 말은 보통 쓰지 않는다. 일본에서 '雪国'라고 불리는 곳은 소설 『雪国』의 무대가 된 니가타(新潟)와 같은 지역이다.

한편 김소운은 우리의 문학작품을 일본에 번역·소개한 번역가이기도 했다. 예를 들어 1933년에는 『조선민요선(選)』과 『조선동요선』이 번역·출간되었고, 1940년에는 『젖빛 구름(乳色の雲)』이, 1943년에는 『조선시집』이 각각 번역·출판되었다.

그런데 김소운의 조선문학작품의 일본어 번역에는 여러 가지 궁금한 점이 있다. 첫째, 그는 우리 문학작품을 일본어로 번역할 때, 직역보다는 의역에 비중을 두었다. 그래서 그의 번역은 '번역'이 아니라 '창작'에 가깝다는 평을 받기도 하는데, 그는 왜 이런 번역 태도를 취한 것일까?

둘째, 김소운은 조선문학작품의 우수성을 일본에 알리고 싶다는 것과, 조선문학작품을 일본어로 남기지 않으면 조선문학작품이 영영 사라져 버리는 것이 않을까라는 걱정 때문에 우리 문학작품을 번역하게 되었다고 한다.[4] 그런데 몇몇 연구자는 김소운의 번역 의도를 의심의 눈초리로 보고 있다. 그가 이와 같은 의심을 받는 데에는 사실 그럴 만한 이유가 있다. 결정적인 근거로 제시되는 것은 야마모토 이소로쿠(山本五十六)를 애도하는 시를 그가 지었다는 것이다. 야마모토 이소로쿠는 제국일본의 해군대장이자 원수였고, 태평양전쟁기에 진주만 공격을 진두지휘했던 인물이다. 그가 1943년에 솔로몬제도에서 죽자, 김소운은 그를 애도하는 시를 지었던 것이다.

일제강점기에는 조선문학작품의 일본어역도 있었고, 일본문학작품의 조선어역도 있었다. 그런데 여기서 흥미로운 점은 조선문학작품을 일본어로도 번역한 양이 일본문학작품의 조선어역보다 월등히 많았다는 것이다. 곧 피지배문화가 지배문화이며 헤게모니 문화보다 더 많이 그리고 더 적극적으로 상대방의 언어로 번역되었던 것이다. 쓰지 유미(辻由美)도 지적했듯이 번역이라는 것은 대부분 '지배적 문화'로 여겨지

---

4 당시의 제국일본과 식민지 조선의 상황을 고려해 본다면, 이런 그의 전망도 가능했을 것이다.

는 언어에서 그렇지 않은 언어로 옮겨지는 것이 일반적인데도 말이다.[5] 또한 조선문학작품을 일본어로 번역한 사람은 주로 일본인이었고, 그들은 일제의 조선 지배의 정당성을 퍼뜨리기 위한 수단으로 조선의 문학작품을 일본어로 옮겼던 것이다.

한편 일본문학작품의 조선어역도 많지는 않았지만 몇 작품이 있었다. 예를 들어 최초의 근대번역 시집인 『오뇌의 무도』를 출판한 번역가이자 근대 최초의 개인 시집인 『해파리의 노래』를 출간한 안서(岸曙) 김억은, 1943년 7월 28일부터 8월 31일까지 조선총독부의 조선어 기관지인 매일신보에 일본 최고(最古)의 시가집인 『만엽집』의 발췌 번역인 「만엽집초역(万葉集鈔訳)」을 연재했다. 여기서 그는 『만엽집』의 4,500여 수의 작품 가운데 총 60수의 노래를 조선어로 옮겼다. 또한 1943년 7월 20일부터 매일신보에 연재했던 「조선어역 애국백인일수(鮮譯愛國百人一首)」를 묶어 1944년 8월에 단행본으로 출판하기도 했다. 그런데 이 번역 작품은 주로 황국신민화나 일본어교육을 위해, 그리고 내선일체라는 이데올로기를 전파하기 위한 수단으로 번역되었다.[6]

위와 같은 당시의 번역 상황을 고려한다면, 결국 김소운에 대한 종합적인 평가는 일제강점기와 광복 이후로 나누어서 좀 더 체계적으로 이루어져야 한다. 광복 이후의 경우를 보면, 예컨대 김소운의 「목근통신」에 대해 『국어국문학사전』은 "해방 후 일제의 식민주의에 대한 민

---

5 쓰지 유미(저) · 이희재(역), 『번역사 오디세이』, 끌레마, 2008년 5월.
6 자세한 것은 이하의 논문을 참조하기 바란다.
　박상현, 「식민주의와 번역-김억의 '만엽집초역'을 중심으로」, 『일본연구』, 2009년 2월.
　박상현, 「김억의 『鮮譯愛國百人一首』연구」, 『통번역교육연구』, 2009년 12월.

족 감정을 서술한 수필"[7]이라고 적고 있다. 또한『목근통신 : 일본에 보내는 편지』의 편자는

> 단순한 반일이나 친일의 입장을 떠나서 객관적으로 일본을 바로 알고 그들의 장점을 배우자는 처지를 분명히 하고 있다.

고 평가한다. 변호사이자 전감사원장이었던 1934년생인 한승헌은

> 김소운 선생의『목근통신』은 뜻있는 지식인들의 마음을 후련하게 하였다. 선생께서는 차별과 멸시에 대한 민족적 항의를 담아 일본 식민통치의 과오와 패전국 일본의 진실성 문제, 일본 사회의 허위의식을 날카롭게 비판하였다. 우리는 이 격조 높은 글에 배어있는 선생님의 남다른 선비정신과 애국심에서 많은 깨달음을 얻게 될 것이다.[8]

고 평한다.

그러나 필자는「목근통신」과「목근통신」에다가 일본에 관한 몇몇 글을 포함해서 단행본으로 엮은『목근통신 : 일본에 보내는 편지』를 기존 연구자와는 다르게 평가하고 싶다. 즉「목근통신」에서 김소운이 말하고 싶었던 것은, 요컨대 일본의 '미덕' 곧 '서비스 스피릿'과 '선 (善)'을 배우자는 것이었다.[9] 곧 일본을 바라보는 김소운의 스탠스

---

7 서울대학교동아문화연구소(편),『국어국문학사전』, 신구문화사, 1973년 11월.
8 김소운,『목근통신 : 일본에 보내는 편지』, 아롬미디어, 2006년 8월.
9 김소운,『목근통신 : 일본에 보내는 편지』, 아롬미디어, 2006년 8월.

(stance)는 노성환의 분류에 따르면, 기본적으로는 '일본을 배우자는 시점에서의 일본연구'에 포함된다.[10]

김소운은 「목근통신」에서 우리가 배워야 할 일본의 미덕 가운데 우선 '서비스 스피릿'에 대해 다음과 같이 말한다.

> ✓ 일본의 '서비스 스피릿'이란 그토록 유명합니다. 이것은 우리로서도 배움직한 미덕의 하나입니다.

> ✓ 우리는 일본의 이 미덕('서비스 스피릿', 인용자)에 대해서는 감히 입을 대지 못합니다. 일찍이 '마담 버터플라이' 하나를 내지 못하고, 시모다(下田)의 오키지(お吉) 하나를 가지지 못한 우리로서는 흉내를 내려야 낼 수 없는 노릇입니다.

'마담 버터플라이'와 '오키지'

김소운과 전여옥은 둘 다 '마담 버터플라이'와 '오키지'에 주목한다. 흥미로운 것은 전자는 '마담 버터플라이'와 '오키지'의 이야기를 들면서 거기서 우리가 일본에서 배워야 할 덕목을 발견한다. 반면 후자는 서양 남자라면 사족을 못 쓰는 일본여자의 예로 '마담 버터플라이'와 '오키지'의 일화를 제시하고 있다는 점이다.

10　노성환의 분류에 따르면 김소운의 「목근통신」에는 '한국사의 연장선상에서 보는 일본연구'도 있다. 곧 우리의 고대문화가 일본에 끼친 영향에 대한 언급이다. 하지만 이런 부분은 '일본을 배우자는 시점에서의 일본연구'에 비하면 극히 미비하다.

다음으로 김소운은 「목근통신」에서 일본의 '미덕' 곧 '선'을 배우자고 한다. 여기서 그는 자신이 겪은 일화를 소개하면서 일본의 '선'을 배우자고 한다. 첫 번째 일화에서 김소운은 자기 자식의 죽음을 알려준 철도 직원을 소개한 후,

'남의 불행', '남의 슬픔'을 바로 내 것으로 환산할 수 있는 그 진정(眞情), 그 양식(良識)이야말로, 내가 목숨을 걸어서 내 향토, 내 조국에 옮기고 싶은 부러운 미덕의 하나입니다.

고 말한다.

또한 그는 태평양전쟁이 끝나갈 무렵 어두운 밤길에서 물구덩이를 밟지 않도록 등불로 그를 비쳐준 일본 여인들의 일화인 두 번째 일화를 소개하면서도 일본의 '미덕'인 '선'을 배우자고 한다.

눈물겨운 마음으로 나는 그 순간에, 내 향토의 어느 밤거리에서도 이런 인인애(隣人愛)의 촌경(寸景)을 다시 한 번 볼 수 있을까 하고 생각해 보았습니다. 그리고 또 하나 가슴에 치받쳐 오른 것은 '나라(일본, 인용자)는 패할지나 이 인정이 아까워라.'하는 애처롭고 애절한 생각이었습니다.

결국 김소운의 언급을 주목해 보면, 일본의 '미덕' 곧 '서비스 스피릿'과 '선'은 일본(인)에게는 있고, 우리에게는 없는 덕목인 것이다. 이런 김소운의 인식은 일본(인)에 대한 열등의식에서 나온 것이라고 본다.

⛀

　앞으로 자세히 살펴보겠지만 「목근통신」과 『목근통신 : 일본에 보내는 편지』에서는 김소운이 제시한 구체적인 사례를 통해 일본(인)에 대한 그의 열등의식뿐만이 아니라 우월의식과 피해의식도 읽을 수 있다. 그런데 여기서 우리가 특히 주목해야 하는 것은 다음과 같다. 즉 그에 의해 표상된 '일본인'과 '일본'이 광복 후의 한국인의 '일본관'의 '원형'이 되어, 지금까지 우리에게 영향을 미치고 있다는 점이다. 나아가 김소운이 제시한 '표상된 일본관'의 영향으로 지금의 한국과 한국인의 아이덴티티가 형성되었다는 것이다.[11] 그리고 이와 같은 사실은 제1부의 2장인 '일본인'과 3장인 '일본문화'에서 살펴본 구체적인 사례를 통해 충분히 확인할 수 있었다고 본다.

2. '일본(인)'에 대한 양면성

　제1부 제1장에서 필자는 김영명과 정대균 및 박규태의 저서 속에서

11　김소운은 『목근통신 : 일본에 보내는 편지』에 수록된 「조국의 젊은 벗들에게」(1970년)에서, "조국을 사랑하기에 우리는 그 반사작용으로 역사의 수구(讐仇)인 일본을 미워하는 것이다."고 고백한다. 그런데 사실은 그 역이 아닐까. 곧 우리는 일본을 미워함으로써 조국을 사랑하게 되는 것은 아닐까.

일본(인)에 대한 그들의 멘탈리티가 엿보이는 대목을 다음과 같이 소개했다. 차례대로 재인용한다.

우리가 일본에 대해 갖고 있는 무조건적인 찬양과 무조건적인 증오의 자기분열을 극복함으로써만 가능하다. 일본에 대한 애증 콤플렉스를 극복해야 한다는 말이다.[12]

일본에 대한 한국인의 시각을 반일적이라고 표현하는 것은 완전한 잘못은 아니지만 일반화에 불과하다는 것이 내 대답이다. 한국인의 대일관에서 특징적인 점은 반일과 친일, 반발과 이끌림, 적의와 경의가 교차하는 양면성(ambivalence)이다.[13]

우리 안에 농밀하게 스며있는 **일본 콤플렉스**(우월감과 열등감의 미묘한 조합)이야말로 항상 우리로 하여금 있는 그대로의 일본을 제대로 보지 못하게 방해하는 최대의 걸림돌이 아니겠는가?[14]

김영명은 일본에 대한 '애증(愛憎)', 정대균은 '반일과 친일', 박규태는 일본에 대한 '우월감과 열등감'을 각각 언급하고 있다. 이들 표현에는 다소 차이가 있지만, 결국 일본에 대한 우리의 감정에는 '양면성'이 있다는 것을 지적하고 있다는 점에서는 같다.

12 김영명, 『일본의 빈곤』, 미래사, 1994년 3월.
13 정대균(저)·이경덕(역), 『한국인에게 일본은 무엇인가』, 강, 2000년 1월.
14 박규태, 『국화와 칼』, 문예출판사, 2008년 2월.

여기서 김소운의 글, 곧 「목근통신」과 『목근통신 : 일본에 보내는 편지』 및 1967년에 출간된 김소운의 『일본의 두 얼굴―가깝고도 먼 이웃』을 주목해 보자.

「목근통신」에서 김소운은

이 '미움'과 이 '친애[15]'는 둘 다 에누리 없는 내 진실의 감정입니다. 이 서로 상반되고 모순된 두 감정을 그냥 그대로 전제해 두고 이 글(「목근통신」, 인용자) 하나를 쓰자는 것입니다.[16]

고 고백한다.

그는 『목근통신 : 일본에 보내는 편지』에 수록된 「민족문화의 순결을 위하여」(1962년)에서는

약이며 화장품, 의류, 잡화 할 것 없이 일본서 온 것이라면 눈에 불을 켜고 사족을 못 쓰는 그 백성(한국인, 인용자)이, 말 없고 죄 없는 꽃나무 한 그루 베어버리고는 애국자연(愛國者然)도 가소롭거니와, 같은 사쿠라가 구왕궁(舊王宮)의 뜰에 피면 하루에 20만 명이 모여든다니 이 수수께끼, 이 캐리커처(戱畵)에는 도대체 어떤 제목을 붙여야 좋으랴.

고 한탄하다.

---

15 그가 말하는 '친애'는 필자가 보기에 일본의 '미덕' 곧 '서비스 스피릿'과 '선'에 대한 '친애'가 아니었을까.
16 김소운, 『목근통신 : 일본에 보내는 편지』, 아롬미디어, 2006년 8월.

또한『일본의 두 얼굴-가깝고도 먼 이웃』에서 그는

한쪽에는 일본의 근접(近接)을 경계해서「한일회담 반대」를 거리에서 외
치다가 옥살이까지 하는 학생이 있는가 하면, 또 한편에서는 일본에 넋을
잃고, 일본의 것이라면 개똥이 금덩이로 보이는 그런 무심한 사람들도 수두
룩하다.[17]

고 비판한다.

그런데 일본에 대한 김소운의 고백이나 일본에 대한 일반 시민의
반응은 결국 다른 것이 아니다. 이들 사이에는 일본에 대한 한국인의
'양면성'이 드러나고 있다는 점에서 정확히 일치한다. 그리고 이와 같
은 '분열된' 감정은 현재에도 여기저기서 관찰된다.

그럼 지금부터 일본 및 일본인에 대해 김소운이 가졌던 열등의식과
우월의식을 살펴본다. 또한 그는 의식하고 있지 않은 듯하지만, 일본
및 일본인에 대한 그의 피해의식도 동시에 살펴본다.

3. 열등의식

김소운은『목근통신 : 일본에 보내는 편지』에 수록된「불어오는 일

---

[17] 김소운,『일본의 두 얼굴-가깝고도 먼 이웃』, 삼중당, 1967년 7월.

본 바람」(1966년)에서 흥미로운 일화를 소개한다. 어느 날의 일이었다고
한다. 그는 그날 로터리 클럽의 초청으로 반도호텔(을지로 롯데백화점 터)
에서 강연을 하게 되었다. 호텔에 들어가 프론트 쪽으로 가려던 중, 그
는 유창한 일본어를 듣게 되었다. 한국인이 말하는 일본어가 아니라 일
본인이 말하는 일본어였다. 그런데 몇 마디 안 되는, 시간적으로는 채
1분도 안 되는 '진짜 일본말'을 듣자, 그는 '등살이 오싹하고 오한이 전
신을 훑어가는 그런 느낌'을 받았다고 한다. 그리고는 왜 그런 느낌을
받았는지에 대해 곰곰이 생각한 후, 다음과 같은 결론을 내린다.

> 두고두고 생각해 본 나머지 두 달이 지난 요즈음에 와서 겨우 거기에
> 대한 대답을 발견한 것 같다. (중략) 한 마디로 말해서 그 위치 그 자리에
> 문제가 있었다. 거기는 도쿄도 교토도 아닌 내 고토(故土), 내 고장이다. 철
> 나고부터 내 눈, 내 귀가 듣고 보아온 일본인, 그네들의 특권과 우월의식―아침
> 저녁으로 그 우월과 대치하면서 나 자신이 길러 온 콤플렉스―심리적인 조건
> 반사―내 생리 속에 숨어 있던 그 잠재의식이 수십 년의 시간 경과를 뛰어
> 넘어 그날 그 자리에서 잠을 깬 것이 아니었던가―.[18]

요컨대 그의 잠재의식이란 일본인의 우월의식과 대치했었던 콤플렉
스 곧 열등의식이었던 것이다.
「목근통신」과 『목근통신 : 일본에 보내는 편지』를 살펴보면, 일본

---

[18] 이것과 비슷한 경험을 필자도 한 적이 있다. 자세한 것은 제2부 제1장 제2절인 '일본인에
　　대한 상반된 이미지'를 참조하기 바란다.

(인)에 대한 김소운의 열등의식은 여러 군데에서 찾아볼 수 있다. 예를 들어 그가 일본 민족과 우리 문화의 일본 모방에 대해 언급하는 대목을 살펴보자.

첫째, 일본 민족에 대한 언급이다. 그는 「목근통신」에서

교활이니 순진이니 하는 쉬운 한 마디 말로 어느 민족성을 단정한다는 것은 위험한 일입니다. 일 개인에도 서로 대립되는 양면의 성격이 있거든, 하물며 일국 일 민족을 일컬어 어느 한 쪽으로 규정지어 버린다는 것은 될 말이 아닙니다.

고 전제한다. 맞는 말이다. 그럼에도 불구하고 그는

일본인의 민족성은 조급하나 진솔한 것이 자랑입니다.

고 일본인의 민족성을 규정하고, 『목근통신 : 일본에 보내는 편지』에 수록되어 있는 「대일 감정의 밑뿌리」(1963년)에서는 일본민족은 섬나라 근성을 탈피하지 못해 중후한 덕성과 함축 있는 금도(襟度 : 다른 사람을 포용할 만한 도량)는 갖기 어려우나,

일본인은 근면한 민족이다. 회신(灰燼 : 불에 타고 남은 끄트러기나 재) 속에서 다시 일어나 오늘의 번영을 초래한 것도 결코 우연이 아니다.

고 평가한다.

이와 같은 일본민족에 대한 김소운의 평가에는 한국의 민족성에는 '진솔'함이 전혀 없다거나, 한국인은 '근면한 민족'이 전혀 아니라는 의식은 아마도 없었을 것이다. 하지만 일본의 민족성에 대한 김소운의 열등의식이 없었더라면, 그는 일본인의 민족성에서 '진솔'함과 '근면' 함을 찾아내지 못했을 것이다.

둘째, 우리 문화의 일본 모방에 대한 부분이다. 김소운은 『목근통신 : 일본에 보내는 편지』에 수록된 여러 에세이에서 지속적으로 우리가 일본을 모방하고 있다고 비판한다. 그의 이런 지적은 우리에게 경계심 을 일깨우기 위함일 것이다. 하지만 이런 것은 물이 높은 곳에서 낮은 곳으로 흐르는 것과 같은 어쩔 수 없는 현상이다. 따라서 김소운의 지 적에서 우리가 읽을 수 있는 것은, 그가 명시하고 있지는 않지만 우리 문화의 수준이 일본문화에 밀리고 있다는 그의 인식이다. 구체적으로 는 그의 언급을 살펴보자.

(왼쪽) 『장한몽』, (오른쪽) 『금색야차』

그는 「민족문화의 순결을 위하여」(1962 년)에서 학도가(學徒歌)는 일본의 철도창가 로부터, 조중환의 장편소설인 『장한몽』(현 실문화연구, 2007년)은 오자키 고요(尾崎紅葉)의 『금색야차(金色夜叉)』로부터 나왔다고 지적 한다. 그리고는 오늘날의 우리 문화가 하 나에서 열까지 모두 모방이요, 가작(假作)은 아니라고 하면서도

이것(모방 혹은 표절, 인용자)이 결코 '그 때 그 당시' 사정만이 아닌 것은 해방 17년 동안 우리가 겪은 가지가지의 내력이 증명해 준다. 이를테면 꼬리를

물고 연면(連綿)히 계승되어 온 '겨레의 숙명'이라고나 할까.

라고 말한다.

또한 그는 「가깝고도 먼 이웃」과 「일본이라 이름의 기차(한일협정의 발효에 붙여)」에서는 다음과 같이 한탄한다. 이들은 모두 1966년에 발표되었다. 순서대로 인용한다.

✔ 오늘날의 우리 생활 속에 자리를 잡은 이 일본 모방의 풍조는 그런 척도(문화란 서로 주고받는다는 것, 인용자)로 따지기로는 정도가 좀 지나쳤다. 입으로는 사뭇 일본을 경계하고 경원하는 척하면서도 생활의 실제에 있어서는 '일본'의 꽁무니를 따르는 스페이스가 날로 늘어갈 뿐, 심지어는 약 이름 하나, 화장품 한 개의 이름까지 일본 것을 따오지 않고는 못 배긴다. 구체적으로 그런 예를 찾기로 들면 책 한 권으로도 못다 쓴다.

✔ 무슨 '라면'이니, 무슨 '드링크제'니 해서 일본에서 유행되고 있는 것은 빼지 않고 모조리 받아들이는 이런 따위는 태만이라기보다 주책없는 원숭이 흉내라고나 할 것인가? 후진성의 노정(露呈)도 이만저만이 아니다.

4. 우월의식

일본에 대한 김소운의 의식에는 열등의식과 동시에 우월의식도 있다. 이런 우월의식은 한국의 고대문화와 일본의 고대문화를 이야기할 때 표면화된다. 그는 「목근통신」에서

> 우리가 오늘날 가졌다는 것은 '가난'과 '초라'뿐입니다. 어느 모로 따져 보아도 우리가 치켜세워서 남의 앞에 자랑할 것이 없습니다. 일찍이 남의 나라에까지 이식되던 우리들의 문화는 이미 낡은 지 오래입니다. 그리고 그 문화의 대부분이 일본, 즉 당신네들의 나라로 수출되었습니다.

고 말한다. 그리고 일본에 대한 한국의 문화적 우월의식은 다음 인용문과 같이 일본민족을 모방의 민족으로 규정하는 데로 이어진다.

> ✓ 인류를 양분해서 '주는 자'와 '받는 자'로 구별한다면, 일본은 의심 없이 그 후자입니다. 남의 문화를 빌려오면 어느 새 손쉽게 제 것을 만들어 버리는 묘술, 그 재간은 가히 경탄할 만합니다.

> ✓ 패전은 일본에 있어서 천혜의 기회였습니다. 일체의 허장성쇠를 양기(揚棄 : 지양)하고 벌거숭이의 새 몸으로 새 기원을 창조할 절호의 찬스였습니다. 받는 민족에서 주는 민족으로, 모방의 민족에서 창조의 민족으로, 배신과 오만의 민족에서 겸허와 성실의 민족으로, 소생하고 재출발할 기점이 실로 여기 있었습니다.

또한 김소운은 일본인은 강자에 약하고 약자에 강하다고 지적하면서 도덕적 우월의식을 드러내기도 한다. 『목근통신 : 일본에 보내는 편지』에 실려 있는 「'외래인'과 '삼국인'」(1966년)과 「수감(隨感)·일본어」(1972년)에서 순서대로 인용한다.

> ✓ 외래인을 접대함에 있어서 일본인은 서비스 스피릿은 만점이란 정평이다. 그러나 그것은 어디까지나 외래인에 대해서다. 패스포트를 가진 같은 여행자라도 한국인, 중국인은 이것은 외래인이 아니오, 삼국인(三國人=상고쿠진)이다. 앞선 자, 강자 자에 대해서는 허리를 굽히고, 약한자, 뒤떨어진 자에게는 까다롭고 오만한 것이 인간 사회의 통칙이다. 그러나 이 통칙이 일본처럼 현저히 나타나는 나라는 드물다.

> ✓ 그들(일본인, 인용자)의 국민성은 특히 조건반사에 민감해서, 상대의 위치나 태도에 따라 '독수리'도 되고, '비둘기'도 될 수 있는 그런 국민이다.

그리고 일본인과 일본에 대한 김소운의 우월의식은 그가 일본의 민족성이나 일본 사회를 언급하는 데서도 엿보인다. 「목근통신」에서 차례대로 인용한다.

> ✓ 만일 그(大川周明, 인용자)가 발광하지 않고 정신이 성했다면, 한번 다시 물어보고 싶은 일입니다. 오늘날의 일본과 한국을 서로 비교해서 과연 어느 쪽이 더 순진한 민족이더냐, 어느 쪽이 더 능란하고 교활한 민족이더냐를….

✓ 엿이라면 길게 뽑아 가루를 쳐서 낱개를 가락으로 팔거나, 크게 한 덩이
로 뭉쳐서 칼끝으로 떼어 팔 줄밖에 모르는 우리들 한국인으로서는, 이것
은 어마어마한 사술(詐術)이요, 농간입니다. 이런 사술(일본인이 '조선 명산
인삼 엿'을 팔 때, 상자의 5분의 4는 빈 채로 두고 5분의 1만 인삼 엿으로 채우는 것
곧 실질보다 거죽을 중시하는 것, 인용자)이 의심 없이 통용되는 일본이란 나라
에 대해 우리는 경의를 표할 도리가 없습니다.

5. 피해의식

김소운은 『목근통신 : 일본에 보내는 편지』에 수록된 「'복수'라는
수입품」(1966년)에서 한 살인 사건을 통해 흥미로운 말을 하고 있다. 이
야기의 전말은 이렇다. 서대문의 어느 음식점에서 일하던 종업원이 해
고를 당했는데, 해고당한 자가 그 앙갚음으로 도끼를 휘둘러 주방장과
동료를 살해했다고 한다. 그리고 '해고당한 원한으로 사람을 죽인다는
이런 히스테리컬한 성정'은 분명 일본의 '수입품'이 틀림없다고 한다.
원문을 인용한다.

범인은 고아로 자라 열등감이 심한 데다 병까지 지닌 몸이라고 한다. 그러
한 개인적 조건을 전제로 하고라도, 이런 극단의 보복은 본시 우리 민족성에
는 없었던 캐릭터이다. 원수를 죽이고 그 간을 씹는 그런 특수한 예가, 십

년에 한 번, 이십 년에 한 번, 없지는 않았지만은, 해고당한 원한으로 사람을 죽인다는 이런 히스테리컬한 성정은 분명 일제의 '수입품'이 틀림없다.

그리고 그 근거를 일본의 문화에서 찾는다.

나오키 산쥬고
(일본 '위키페디아'에서)

일본쯤이면 이런 일은 일상다반사이다. 메이지(明治)에 들어서 법령으로 복수를 금하기까지는, '아다우치(仇討)'는 그네들의 미덕이요, 생활 도의의 기반이었다. '아라키마타에몽(荒木又右衛門)'의 『이가(伊賀)의 복수』는 너무도 유명한 이야기지만, 작가 나오키(直木三十五)의 『아다우치 십종(仇討十種)』에는 일본의 대표적인 복수담이 허다한 방식과 형태로 그려져 있다. 복수는 그들에게 있어서 입신출세에 직결된 다시없는 기회요, 대의명분을 내세우는 가장 으뜸가는 모럴이었다.

결국 '복수'라는 개념이 일본에서 수입되었기에 서대문의 한 음식점에서와 같은 참극이 발생하게 되었다는 이야기인데, 김소운의 이런 지적이 과연 얼마나 지지를 받을 수 있을까. 적어도 필자에게는 김소운의 지적은 일본에 대한 그의 피해의식으로밖에 들리지 않는다. 필자가 잘못 보고 있는 것일까? 그리고 이처럼 우리 사회에 보이는 해악을 일본 탓으로 돌리는 경향은 지금도 여전히 있는 것 같다.

이와 같은 김소운의 주장은 본서의 제1부 제1장인 '일본'이라는 거울을 통해 본 우리의 초상에서 인용했던 전여옥의 다음과 같은 주장을 떠오르게 한다.

실제로 우리나라 여성의 지위에 가장 악영향을 끼친 것은 일제 36년이었다. 조선시대까지 우리나라 부부는 서로 존대말을 썼으며 남편도 부인을 깍듯이 공대하였다. 그러나 일본 식민지시대에 부인을 자신의 소유물 다루듯 홀대하는 일본 문화의 영향으로 우리나라 여성의 지위가 한층 낮아졌다는 것은 상당한 호소력을 갖는다고 생각한다.(『일본은 없다 1』에서)

이광수의 『민족개조론』에 나타난 '복수'관

이광수는 1922년에 「민족개조론」(『민족개조론』 수록, 우신사, 1981년 7월)에서 "조선처럼 관대한 자는 타민족에서는 보기 어렵습니다. 혹 누가 자기에게 모욕을 가하면 흔히는 껄껄 웃고 구태여 보복하려 아니합니다. 외국인은 혹 이를 겁나한 까닭이라고 할는지 모르나, 껄껄 웃는 그의 심리는 일종 관서(寬恕)와 자존이외다. 그래서 조선인은 원수(怨讐)를 기억할 줄 모릅니다. 곧 잊어버립니다. 심지어 자기의 혈족을 죽인 자까지도 흔히는 용서합니다. 그러므로 조선의 전설이나 문학에 보수(報讐)에 관한 것은 극히 적고, 일본 민족과 같이 이를 한 미덕으로 아는 생각은 조금도 없습니다."고 적는다. 그리고 지명관은 「벚꽃은 오래 피지 않는다」(1993년)에서 이광수의 입장을 수용하는 입장에서 '복수'란 일본의 정신적인 전통 속에 아직도 뿌리 깊게 남아 있는 것이라고 지적하면서, 한국이 일본과 다른 점은 여기에 있다고 한다. 일본의 '사극(時代劇)' 등에 '복수'라는 테마가 자주 등장하는 것은 사실이지만 그렇다고 해서 '복수'라는 개념이 과연 일본에서 한국으로 수입되었던 것일까. 역시 '복수'는 인간의 보편적인 감정으로 파악해야 한다고 본다. 물론 그 표현에 문화의 차이는 있을 수 있지만.

지명관의 『벗꽃은 오래 피지 않는다』

군사독재 시절 『한국으로부터의 통신』을 매개로 한국의 실정을 일본 사회에 소개했던 지명관. 그는 1993년에 동아일보사에서 『벗꽃은 오래 피지 않는다』를 출간한다. 머리말에서 그는 "무언가를 객관적으로 인식하려고 하여도 어떠한 주체적인 입장을 취하는가에 따라 그 결과는 달라진다. 그러므로 일본사람이나 일본 사회를 문제 삼으려고 할 때도 너는 누구이며 너는 어떠한 입장에 서 있는가라는 물음을 받게 된다. 내가 누구이며 내가 일본을 어떠한 시각에서 바라보고 있는가는 독자들의 판단에 맡긴다."고 말했다. 필자는 『벗꽃은 오래 피지 않는다』를 다음과 평가한다. 즉 그는 그의 저서에서 일본은 '무가사회'이고 한국은 '유가사회'라고 파악하면서 한국과 일본을 비교한다. 그의 책은 한일을 비교하면서 일본을 말했다는 점에서는 일본(인)에 대해 논한 여타의 책과 다르지 않지만, 가장 큰 차이점은 일본에 대한 쓸데없는 열등의식이나 우월의식 그리고 피해의식을 거의 드러내지 않는다는 점이다. 그것이 가능했던 것은 그도 말하고 있지만, 한일을 바라볼 때 그가 '복안(複眼)적인 사고'를 할 수 있었기 때문일 것이다.

2

나의
일본관

한국인의 일본관

제 1 장

병사의 노래와
현대 일본 비판

1. '병사의 노래'의 어제와 오늘 그리고 내일

아시아·태평양전쟁기에 문예지와 단가(短歌) 및 하이쿠(俳句)지, 그리고 신문지상에 거의 매일 같이 전쟁을 읊은 수많은 단가와 하이쿠 등이 게재되었다는 것은 잘 알려진 사실이다. 단가와 하이쿠는 일본의 정형시인데, 이 노래들은 성전(聖戰)에 대한 결의를 표명한 것이었다. 결국 전쟁의 시대는 적어도 일본에서는 시가(詩歌) 융성의 시대였다. 그 것은 산문보다 시가가 전쟁의 감동을 표현하는 데 적합한 문예였기 때문일 것이다. 그리고 충군애국을 읊은 노래의 '전통'을 역사적으로 뒷받침해 주었던 것이 다름 아닌,

- 권20 · 4373

오늘부터는

뒤돌아보지 않고

천황의

변변치 못한 보호자로서

출정하는 것이다, 나는

과 같은『만엽집』에 실려 있는 병사의 노래(防人歌)였다. 그리고 천황에
대한 충성을 맹세하는 노래라는 '병사의 노래'를 의식적으로든 그렇지
않든 간에 이론적으로 지탱해 주었던 것이 오리구치 시노부(折口信夫)와
요시노 유타카(吉野裕) 등의 글이었다.

오리구치 시노부(折口信夫)

야나기다 구니오(柳田国男)와 함께 일본민속학 발전에 크게 기여한 학
자이다. 특히 그는『만엽집』연구에도 적지 않은 족적을 남겼다. 또한
관동대지진 때에는 조선인에 관한 시(詩)도 남긴 것으로 잘 알려져 있다.
동성애자였다.

오리구치 시노부는 병사의 노래를 아즈마(東国) 지방의 농민병이 신
민(臣民)의 병사로서 천황에 대한 복속을 맹세하는 노래[1]로 간주했고,
그것은 아시아・태평양전쟁기에 폭넓은 지지를 얻었다. 또한 요시노
유타카는[2] 병사의 노래를 원정 군단으로서의 입대 선서식과 같은 성
격을 갖는 노래라고 지적했다.

---

1 折口信夫,「万葉集研究」,『古代研究 国文学編』, 1928年.
2 吉野裕,『防人歌の基礎構造』, 筑摩叢書, 1984年 1月. (초판 1953년)

그러나 일본 패전 후에는 이러한 병사의 노래에 대한 시각이 180도로 변했다. 즉 미사키 히사시(身崎壽)와 이토 하쿠(伊藤博) 등에 의해 병사의 노래는 가족과의 이별을 가슴 아파하는 성격을 띤 노래라고 재평가받았다. 그리고 지금 이 견해에 반대하는 연구자는 아마도 없을 것이다. 이 병사의 노래관이 설득력을 얻고 있는 것은

　－ 권20 · 4346

어머니와 아버지가

(내) 머리를 쓰다듬으면서

무사하라고

한 말이

잊혀지지 않는다[3]

　－ 권20 · 4425

"병사로

출병하는 것은 누구 남편?"

이라고 묻는 사람을

보면 부럽다

아무런 근심 걱정도 없이[4]

---

3 父母が 頭かき撫で 幸くあれて 言ひし言葉ぜ 忘れかねつる
4 防人に 行くは誰が背と 問ふ人を 見るがともしさ 物思もせず

와 같은 가족과의 이별을 읊은 노래가 병사의 노래에 많이 있기 때문일 것이다.

그런데 '노래수'가 병사의 노래관을 결정짓는 수단이었다면, 대부분을 차지하고 있던 가족과의 이별을 아파하는 노래는 그 숫자상에 있어 전시 중이나 전후에 변동이 있는 것이 아니기에, 전시 중에도 병사의 노래의 기본적인 성격은 가족과의 이별을 가슴 아파하는 노래로 인식됐어야 하지 않았을까? 하지만 그러지 않았다.

결국 쇼와(昭和)의 익찬(翼贊) 체제하에서 충군애국의 상징으로서의 만엽(万葉)상이 거국적으로 선전되었고, 그것에 적극적으로 담당했던 것 가운데 하나가 병사의 노래였다. 한편 패전 후에 형성된 병사의 노래관은 전후 민주주의와 평화주의라는 시대적 배경에 크게 영향을 받았다.

익찬 체제

1942년 도죠 히데키(東条英機)에 의해 시작된 체제이다. 일국 일정당체제로 군부 파시즘 지배 체제라고 평가할 수 있다.

그런데 패전 후의 병사의 노래에 관한 새로운 해석으로 지난 전쟁에 협력했던 병사의 노래는 아이러니컬하게도 전쟁 협력에 대한 면죄부를 얻게 되고, 또한 쇼화의 익찬 체제하에 전의를 고취시키는데 이용된 『만엽집』도 그 책임에서 벗어나게 된다. 그리고 전쟁에 협력했던 『만엽집』은 가족과의 이별을 슬퍼하는 노래라는 인간적인 보편성을 읊은 가집(歌集)으로서 얼굴을 바꾸어 다시 태어난다.

앞에서도 지적했지만 패전 후에 병사의 노래는 가족과의 이별을 슬
퍼하는 노래로서 인식된다. 그리고 그런 해석에는 전후 민주주의와 평
화주의가 큰 영향을 미쳤다. 그런데 병사의 노래에는 사실 충군애국을
읊은 노래도 있고, 가족과의 이별을 아파하는 노래도 있다. 그리고 또
마스다 가쓰미[5]가 이미 언급했듯이

- 권20 · 4343

나는 어차피 여행(旅)은

여행이라고 체념이라도 하지만

집에서

아이를 부둥켜안고 수척해 있을

아내가 가엾어 못 견디겠다

- 권20 · 4364

병사로

떠나려고 하는 어수선함에 정신을 빼앗겨

아내에게

농사에 관해

아무 말도 못하고 떠나 왔던가

와 같은 노래도 있다. 이 작품을 그는 정부의 강압적인 징집을 고발한

---

5 益田勝実, 「防人等」, 『万葉』第六号, 万葉学会, 1952年 10月.

것이라고 말한다. 또한 그는

> – 권20 · 4376
> 이런 긴 여행이
> 되리라는 것을 알지 못하고
> 어머님과 아버님께
> 제대로 안부도 전하지 못하고 온 것이
> 지금에 와서는 후회스러워 못 견디겠다

> – 권20 · 4382
> 후타호(布多富)[6] 촌장은
> 질이 나쁜 사람이다
> 갑작스레 병을 얻어
> 내가 고통 받고 있을 때
> 병사로 지명하다니

와 같이 병사로 징집되는 것을 기피하는 심정을 토로한 것도 있다고 지적한다. 계속해서 병사의 노래에는

> – 권20 · 4401
> 군복의

---

6 미상(未詳).

옷자락에 달라붙어

우는 아이를

남겨 주고 왔다

어미도 없는 것인데

와 같이, 가정 사정을 무시한 채 징집·소집(徵召)하는 현실을 폭로하고 있는 작품도 있는 것이다. (이들 작품들을 가족과의 이별을 읊은 노래라고도 간주할 수도 있지만, 이들 노래와 가족과의 이별을 읊은 노래에는 그 표현성에 차이가 있기에 이 둘을 다른 성격의 노래라고 생각한다)

결국 병사의 노래에는 적어도 충군애국을 읊은 노래, 가족과의 이별을 가슴 아파하는 노래, 병사의 저항 정신을 읊은 노래가 있는 것이다. 그런데 그때그때의 시대에 영합하는 형태로 전시 중에는 충군애국을 노래한 작품이, 패전 후에는 가족과의 이별을 읊은 작품 혹은 병사의 저항 정신을 읊은 작품이 제각기 '선택'되고 그 밖의 노래는 '배제'되었다.

현재 일본에서는 이미 '교육기본법'이 개정되었고, '일본국헌법 제9조'의 개정 움직임도 있다. 만약 시대가 변하면 병사의 노래의 기본적인 성격은 좀 지나친 말이 될지 모르겠지만, 재차 전시 중의 병사의 노래관으로 되돌아갈 가능성도 있다고 본다. 왜냐하면 '기본적인' 성격이나 '본질'을 묻는 논의에는 문제를 단순화해 버리는 경향이 있기 때문이다.

병사의 노래에 관한 프로파간다가 성공한 것은?

전국(戰國)시대 무사의 주종 관계와 도쿠가와(德川) 시대의 막번(幕藩)적인 군신 관계 및 메이지 이후의 천황과 신민 사이에서 요구되었던 것은, 주군 혹은 천황에 대한 일방적인 충성이었다. 곧 '주군이 주군답지 않으면 떠나라'가 아니라 '주군이 주군답지 않아도 신하는 신하답지 않으면 안 된다'였다.

(마루야마 마사오(외), 『사상사의 방법과 대상』, 소화, 1997년 8월, 47쪽) 이와 같은 역사적 배경이 있었기에 아시아·태평양전쟁기에 병사의 노래에 관한 프로파간다도 유포되기 쉬웠던 것은 아닐까.

2. 일본인에 대한 상반된 이미지

일본에 처음 간 것은 1995년 가을이었다. 일본문학 연구의 본고장에서 『만엽집』을 제대로 공부하기 위해 유학을 결심했다. 당시에는 아직 인천국제공항이 건설되지 않았기에 김포공항을 이용했다. 배웅나온 가족과 헤어져, 출국 수속을 마치고 탑승 시간을 기다리고 있는 사이에 자신이 탈 것이라고 예상되는 점보 비행기를 마음속으로 은근히 기대했다. 사실 그때 처음으로 비행기를 타는 것이었다. 그런데 눈에 들어 온 것은 상상한 것과는 전혀 다른, 너무나 보잘 것 없는 작은 비행기였다. 언뜻 보기에 장난감과 같이 보였다. 나중에 안 사실이지만, 필자가 탔던 비행기가 그렇게 보잘 것이 없었던 것은 지금과는 달리 그 당시 김포—신치토세(新千歲) 구간을 왕복하는 손님이 적었기에 소형 비행기가 오갔던 것이었다.

기내로 들어가서 좌석으로 향했다. 좌석 옆에는 대략 40대로 보이는 아주머니가 앉아 있었다. 돌이켜 보면 그분에게는 대단히 실례되는 이야기지만, 그때 내 옆에는 반드시 젊고 예쁜 아가씨가 앉아 있을 것이라고 상상했다. 그러기에 그런 기대에 어긋나는 현실에 상당히 실망했다. 바로 그 순간이었다.

"어디까지 가세요?"

그 아주머니가 말을 걸어 왔다. 그것도 일본어(日本語)로. 머릿속이 순간 텅 비어 버렸다. 그 질문에 뭐라고 대답했는지 전혀 기억이 나지 않는다. 단지 지금도 기억에 남아 있는 것은 상대방의 질문을 받았을 때 내가 엄청난 '공포심'을 느꼈다는 것이다. 그의 한마디로 내 주위에 앉아 있는 사람들이 거의 모두다 '일본인'이라는 사실을 알게 되었기 때문이다. '왜 그때 그런 것으로 공포감을 느꼈을까?' 하고 의아해하는 독자도 있을 지도 모른다. 그러나 당시에는 그럴 만한 이유가 있었다.

대학을 다녔을 때 일본어교육을 전공했다. 당연한 말이지만 4년간 일본어를 배웠다. 하지만 졸업할 때까지 일본인과 이야기를 나눌 기회는 많지 않았고, 따라서 일본어로 일본인과 대화할 자신은 전혀 없었다. 게다가 일본인 집단 속에 혼자 들어간 적도 없었다. 그러나 사실 그것만이 이유는 아니었다. 진정한 이유는 일본인에 대한 이미지 때문이었다.

필자에게는 '근면·절약'이라는 비교적 긍정적인 일본인의 이미지도 있었지만, 그것과 동시에 '잔혹·잔인'이라는 부정적인 일본인의 이미지도 있었다. 굳이 말할 필요도 없지만 '잔혹·잔인'이라는 일본인에 대한 부정적인 이미지는 학교 교육과 미디어 등을 통해 뇌리에 새겨져 있던 이미지였다. 그런 일본인에 대한 마이너스의 이미지가, "어디까지 가세요?"라는 '일본어'에 의해 표면화되었던 것이다. 그러나 그때 느꼈던 공포감은 다행스럽게도 기우로 끝났다. 게다가 그런 감정은 그리 오래 가지도 않았다. 왜 그런가 하니 세뇌된, 그리고 머릿속에서만 상상했던 일본인이 아니라 '살아 있는' 일본인과의 만남이 곧바로 시작되었기 때문이다.

3. 한국과 일본의 내셔널리즘

지금은 제2의 고향이나 다름없는 삿포로에서 8년 가까운 유학생활을 보내면서 적지 않은 일본 사람들과 만났다. 유학생이라는 신분이었기에 당연한 이야기이지만 대학생 및 대학원생과 접촉하는 기회가 많았다. 남녀를 불문하고 그들은 상냥했고 친절했다. 다른 사람에 대한 배려도 있었고, 외국인에 대해서도 호의적이었다. 어쩌면 그것은 학생이라는 신분과 홋카이도라는 지역성 때문인지 모른다. 한편 일본인과

삿포로 시가지

접촉하는 사이에 나를 놀라게 하는 것이 있었다. 그것은 그들의 상냥함이나 친절함이 아니었다. '민족'과 '조국'에 대한 그들의 의식이었다.

필자와 달리 당시 그들은 '민족'과 '조국'이라는 말에 그다지 흥미를 보이지 않았다. 더욱이 대부분의 학생들은 그 말을 터부시하기도 했다. 유학을 하고 있던 나는 '민족'을 위해, '조국'을 위해 자신의 목숨도 버릴 수 있다고 생각하고 있었지만, 그들은 전혀 달랐다. 필자와 같은 생각을 가지고 있는 사람은 적어도 주위에는 없었다. 충격이었다. 그러나 더욱 놀라웠던 것은 그들이 가지고 있는 '민족'과 '조국'에 대한 희박한 의식이 아니었다. 그들에 의해 자각된, 자신이 가지고 있는 '민족'과 '조국'에 대한 생각이었다. 필자가 가지고 있던 민족관·국가관이 설령 저항적인 민족주의라고 해도 아시아·태평양전쟁기의 일본에 횡행했던 그것과 비슷한 점이 많았던 것이었다. 인정하고 싶지 않았다. 하지만 사실이었다.

필자는 1980년대 후반에 대학에 들어간 세대다. 당연한 말이지만 이 세대는 국가인 '애국가'를 누구라도 외우고 있었다. 어렸을 때부터 '국가'를 외우도록 교육을 받았다. 그것만이 아니라 '국기에 대한 맹세'·'국민교육헌장'도 외우도록 교육받았다. 그리고 '민족'과 '조국'을 위해 자신의 고귀한 생명도 아까워하지 않고 버릴 수 있는 인간으로 길러졌다. 그런 의미에서 30여 년 전의 한국은 아시아·태평양전쟁기의 일본과 비슷한 점이 없다고는 말할 수 없을 것이다. 그것은 아마도 한국 전쟁으로 인해 민족상잔의 비극을 겪은 경험, 그리고 그것으로 인해 분단 고착이 적지 않은 영향을 미쳤다고 본다.

한중일에 있어서의 '민족'과 '국가'

소설가이자 문예창작과 교수인 임철우는 「한·중·일에 문학은 무엇인가」(한겨레신문, 2008년 10월 16일 자)에서 한·중·일이 '민족'과 '국가'에 대해 상이한 의미와 관점을 보이는 이유를 불행했던 근대사에서 찾고 있다. 그는 일본의 비판적 문학인과 지식인에게 그것들은 벗어나야 할 울타리 혹은 흐름을 멈춘 늪이라 말한다. 한편 중국에게 그것은 과거의 영광을 복원해야 할 주체 혹은 거대한 원심력이라고 말한다. 그리고 한국에게 그것은 여전히 진행 중인 미완성의 단어라고 말한다.

한편 지금의 일본은 어떤 사회인가? 아시아·태평양전쟁은 1945년 8월 15일로 끝났다. 그것을 '종전'이라 부르던 '패전'이라 부르던, 전

후 일본은 새로운 체제를 만들어 냈다. 후지와라 기이치(藤原帰一)[7]의 표현을 빌린다면, 일본은 호헌 민족주의로서의 민주주의 사회를 만들었다. 천황은, 실제로는 그렇게 생각되지 않는 것도 없지 않지만, 헌법상으로는 상징적 존재가 되었다. (헌법 제1조) 그런 의미에서 전쟁기의 일본과 지금의 일본은 전혀 다른 사회가 된 듯하다. 그러나 전쟁 포기를 규정한 '일본국헌법 제9조'를 개정하고자 하는 움직임, 또한 교육 헌법이라 할 '교육기본법'의 개정 등을 보면 과거와 단절된 일본이 아니라 연속된 일본의 모습이 떠오른다.

개번 매코맥과 사카이 나오키

개번 매코맥과 사카이 나오키는 야스쿠니 신사 참배, 개헌, 역사교과서 개정, 자위대 강화 등의 일련의 움직임을 일본 내셔널리즘의 강화라고 보기 보다는 일본의 대미종속의 강화라는 시점으로 파악한다. 흥미로운 시각이다. 자세한 것은 개번 매코맥『종속국가 일본—미국의 품에서 욕망하는 지역패권』(창비, 2008년 9월)과 사카이 나오키『일본, 영상, 미국—공감의 공동체와 제국적 국민주의』(그린비, 2008년 9월)를 참조하기 바란다.

---

7 藤原帰一, 『戦争を記憶する―広島・ホロコーストと現在』, 講談社, 2001年 2月.

4. 한일 양국의 우호 증진을 위하여

한때(2006년), 매일 아침 오전 8시 15분에 일어난 적이 있다. NHK의 아침 드라마인 <순정키라리(純情きらり)>를 시청하기 위해서였다. 직장 성격상 본의 아니게 저녁형 인간이 되어 버린 나로서는 그 시간대에 일어나는 것이 무척 힘들었다. 하지만 아내가 그 드라마를 즐겼기 때문에 드라마의 시청은 제1회부터 이어졌다.

이 드라마의 주인공은 아리모리 사쿠라코(有森桜子)다. 그는 동경음악학교에 입학하기 위해 재수생활을 보내면서 스승인 사이온지(西園寺) 교수가 운영하고 있는 학원에 다니고 있다. 드라마의 시대적 배경은 아시아·태평양전쟁기다. 어느 날 사이온지 교수는 육군으로부터 군가 제작을 위탁받고 고뇌에 고뇌를 거듭하다가 '황국의 신민(皇国の民)'이라는 군가를 제작하게 된다. 결국 앞서 언급했듯이 단가·하이쿠·시(詩)와 같이 지난 전쟁기에 노래도 선동의 수단으로서 정치적으로 악용되었던 것이다.

그런데 현재 일본은 세계적으로 자랑할 만한 평화헌법을 토대로 하여 건설되었다. 그러기에 짧지 않았던 일본 생활에서 일본의 양심을 믿었다. 즉 아시아의 여러 나라와의 사이에 놓여 있는 전쟁 책임과 전후 책임의 문제가 일본 주도로 합리적으로 해결될 수 있을 것이라고 확신했다. 그러나 현실은 너무나도 달랐다. 그럼에도 불구하고 일본 국민을 믿고 싶다. 앞에서도 언급했듯이 일본 국민은 전시 중과 전후에 있었던 병사의 노래 연구에 본질주의가 들어가 있는 것을 알게 되었고, 또한 그런 논의가 시대에 영합하기 쉽다는 것을 알고 있기 때문

이다. 또한 평화를 위한 전쟁이라는 것이 없다
는 것에도 공감하고 있기 때문이다.

그러면 아시아의 여러 나라 가운데서, 특히
한국과 일본과의 관계 개선을 위해 필자가 할
수 있는 것은 무엇일까? 한일 간에는 식민지와
전쟁의 기억이라는 부정적인의 유산도 있지만,
그것보다 긴 친선 교류의 역사도 있다. 지금 필

『천년의 연가 만엽집』

요한 것은 그런 기억을 되살리는 것이 아닐까? 그 작업의 일환으로
2006년 3월에 일본 나라(奈良)대학에 재직하고 있는 우에노 교수의 책
인『천년의 연가, 만엽집』을 한국어로 번역·출판했다.[8] 한국 독자는
이 번역서를 통해 1300여 년 전 일본 열도에 살았던 사람들과 만날
수 있고, 그들과 공유할 수 있는 부분이 적지 않다는 것을 느낄 수 있
었을 것이다. 지금 일본인 아내와 즐거운 커뮤니케이션을 나누면서 서
로간의 '경계'를 넘듯이 말이다.

이번 번역을 시작으로 인간의 보편성을 전해 주는 일본의 고전을
적극적으로 번역하고 싶다. 일본 이해를 심화시키고 싶기 때문이다.[9]

선린우호의 역사를 재조명해야

하우봉은『한국과 일본－상호인식의 역사와 미래』(살림, 2005년 7월)에

---

8 원본은 다음과 같다. 上野誠,『万葉にみる 男の裏切り·女の嫉妬』, NHK出版, 2002年 9月.
9 이 글은『国文学 解釈と教材の研究』(學燈社, 2006年 8月) 및『해석의 정치학』(제이앤씨, 2009년 3월)에 실린 것을 수정하여 재수록한 것이다.

서 지금 한일 간에 필요한 것은 양국 간의 선린우
호의 역사를 재조명해야 한다고 지적한다. 좀 길
지만 필자와 같은 인식을 하고 있기에 인용한다.
"크게 보면 한일 양국의 역사에는 전쟁과 대립도
있었지만 평화적인 교류의 시기가 더 많았다. 조
선시대만 하더라도 임진왜란을 제외하면 500여
년간 상대적으로 평화로웠다고 할 수 있다. 이 시

『한국과 일본―상호
인식의 역사와 미래』

기의 유럽제국들은 이웃나라와 무수하게 전쟁을 치렀다. 이에 반해 통신
사행을 통한 조선 후기의 문화교류 등은 세계역사상 예가 흔치 않는 선
린우호의 사례이다. (중략) 양국 간의 상호편견을 줄이고 선린우호를 진
전시키기 위해서는 이와 같은 사례를 찾아 재조명해야 할 필요가 있는
것이다."

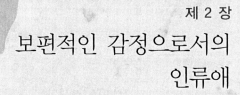

제 2 장
보편적인 감정으로서의
인류애

　금년은 한일국교정상화 50주년이 되는 해다. 그럼에도 불구하고 한국과 일본 사이에는 아직도 해결되지 않은 문제가 적지 않다. '역사'에 대한 '기억'의 차이가 그것이다.

　1990년대 초의 일이다. 당시 대학생이었던 필자는 일본에서 온 유학생과 언어교환을 하고 있었다. 즉 필자는 일본인 유학생에게 한국어를 가르쳤고, 일본인 유학생은 필자에게 일본어를 가르쳐 주었다. 학교에서 공부를 마치고 우리는 지하철을 탔다. 그리고 자연스럽게 경로석 근처로 발을 옮기며 일본어 연습을 할 생각에 잘 못하는 일본어로 열심히 말을 걸었다. 일본인 유학생은 일본인 특유의 맞장구를 쳐가며 성실히 대응해 주었다. 그러기를 얼마나 했을까? 바로 그때였다.

　일본어를 쓰려거든 일본으로 가라! 어디 한국에서 일본어를 쓰냐! 쪽발이는 일본으로 가라!

는 소리가 들려 왔다.

무의식적으로 소리 나는 쪽으로 고개를 돌렸다. 우리가 서 있던 경로석에 앉아 있던 어떤 할아버지가 우리를 보고 있었다. 순간 필자와 일본인 유학생의 얼굴은 동시에 빨갛게 달아올랐다. 무슨 큰 범죄라도 지은 범법자가 현장에서 경찰에게 발각된 것 같은 느낌이었다. 우리는 하던 이야기를 멈추고 나무처럼 굳어 버렸다. 목적지까지는 아직 멀었지만 우리는 아무 소리도 못하고 도중에 그만 내리고 말았다.

지금이라면 이런 '광경'은 거의 찾아볼 수 없는 것이 되어 버렸지만, 1980년대 후반에서 1990년대 초까지는 종종 볼 수 있는 풍경이었다.

그 할아버지가 일제강점기에 강제징집이나 강제노역을 당했던 당사자였는지 어떤지는 잘 모르겠다. 만약 당사자였다면 그 심정 곧 일본(인)에 대한 '증오심'은 충분히 이해하고는 남는다. 하지만 우리는 언제까지 일본이나 일본인에게 이런 '증오심'을 가져야만 하는 것일까?

이하 김효순과 사카모토 요시카즈의 언급은 프롤로그에서 이미 인용한 부분이지만, 대단히 중요한 인식이기에 반복한다. 즉, 언론인인 김효순은 어느 신문에서

일본도 자국민 피랍 문제의 주술에서 벗어나야 한다. 북한 공작원의 일본인 납치가 개탄스런 일임에 틀림없지만 피해 정도를 따지면 식민지 지배 피해와 비교가 되지 않는다.

고 지적한다. 틀린 말은 아니다. 하지만 '납치 문제'를 단지 숫자의 비교로 파악하는 이런 '인식'으로는 한일 간의 문제는 영구히 해결되지

않을 것이다.

한편 일본에서 '평화주의의 대부'라고 평가받는 사카모토 요시카즈
는 일본에서 북한의 납치 문제가 불거졌을 때, 조총련이 발행하는 '조
선신보'와 인터뷰를 했다. 거기서 그는 딸의 납치 문제가 해결되기 전
에는 북한에 식량 지원을 해서는 안 된다고 일본 외무성에 건의한 요
코타 메구미의 부모를 비판하며 다음과 같이 지적한다.

자신의 자식이 걱정된다면 식량이 부족한 북한 어린이들의 어려움을 가
슴 아파해 원조를 보내는 게 당연하다.

지금 우리에게 요청되는 것은 사카모토 요시카즈와 같은 '인식'이
아닐까?

지난 침략 전쟁 때 일본인은 '가해자'였으면서도 한편으로는 '피해
자'였다. 우리는 그 사실을 잘 모르거나 혹은 인정하고 싶지 않지만
말이다. '가해자'로서의 '일본인'만을 비난할 것이 아니라, '피해자'로
서의 '일본인'에 대해서도 우리는 '상상'할 수 있어야 하지 않을까?
'피해자'로서의 그들의 아픔에 '공감'할 수 있는 마음이 지금 절실히
필요한 것이다. 보편적인 감정으로서의 인류애다.

일단 우리부터 일본 그리고 일본인의 '아픔'을 '공유'하는 것은 어
떨까? 그런 다음에 그런 보편적인 감정으로서의 인류애를 일본(인)에

게도 바라는 것은 어떨까? 그리고 안중근 의사가 주장했던 '동양평화론'[1]과 같은 '동북아시아공동체'를 만들자고 그들에게 권유하는 것은 어떨까?[2] 너무 나이브(naive)한 생각일까? 하지만 여기서부터 시작해야 한다고 본다.

---

1 안중근, 「동양평화론」, 『동아시아의 '동양' 인식 : 19-20세기』 수록, 문학과지성사, 1997년 12월.
2 경희대학교 '대학주보'(2009년 11월 16일 자, 제1449호)의 '참여마당'에 실렸던 글을 본서 발간에 맞춰 대폭 수정하여 다시 수록한 것이다.

에필로그

　일본인은 과거의 식민지 지배와 전쟁 책임 및 역사교과서 등에 대
해 일반적으로 어떤 생각을 가지고 있을까?
　김현구의 지적을 통해 우선 식민지 지배에 대한 그들의 인식을 살
펴보자. 그는 그의 책인 『김현구 교수의 일본이야기』에서

　전쟁 책임 문제나 역사교과서 왜곡 문제 등에 대한 일본의 지도자나 평화
애호가들의 견해는 현재의 시각이 미래의 바탕이 되므로 단순히 과거의 문
제로 끝나는 것이 아니라 그들이 미래에 다른 나라들의 관계를 어떻게 설정
하려고 하는가를 보여주는 바로미터가 되기 때문에 중요하다. (중략) 35년
간의 한국 지배가 잘못되기는커녕 오히려 도움이 되었다는 주장의 논거는
대충 세 가지로 요약할 수 있다. 첫째는 일본이 한국을 식민지로 하지 않았더
라도 한국은 러시아나 다른 나라의 식민지가 되었을 것이라고 주장한다. 둘째
는 일본이 한국을 지배하는 동안 도로, 항만 등을 건설하고 학교교육을 통해서
문맹자를 없애주었기 때문에 오늘날 한국이 근대화를 이룩할 수 있었다는 주장
이다. 세번째는 약간 소극적인 것이기는 하지만 현재의 일본 국민들도 군국주

의의 피해자인데 자기들보고 무엇을 어쩌란 말이냐 하는 주장이다.

고 말한다.

또한 그는 일본인의 '전쟁 책임 회피'에 대해 같은 책에서 다음과 같이 언급한다.

> 1951년에 시작된 한일회담이 1955년 "36년 동안 일본이 한국을 지배한 것은 한국 국민에게 유익했다"는 소위 '쿠보따(久保田) 망언'으로 중단된 이래, 유사한 발언을 했다가 사과하고, 다시 유사한 발언을 했다가 또 사과하는 형태가 40년 가까이 계속되고 있다. (중략) 일본 중요 지도자들의 전쟁 책임 회피 발언은 일일이 열거하기가 어려울 정도이다. 그 사이 변한 것이 있다면 일본측 발언의 내용이나 빈도가 아니라 우리나라의 대응태도이다. 일본측 망언에 대해서 처음에는 한일회담 중단으로 맞서다가, 다음에는 다소 강력한 항의로, 다음에는 일본 정부에 대한 해명으로 점차 강도가 낮아지더니 요즈음에는 어느 틈엔가 정부는 빠져버리고 언론에서만 무슨 망언이다 뭐다 하며 떠들고 있다. 아마 좀 더 시간이 지나면 제풀에 지쳐서 언론도 나가떨어질 것이고 그렇게 되면 국민들은 언제 그런 발언이 있었는지조차 모를 것이다. 아마도 일본의 지도자들은 이 점을 노리고 있을지도 모를 것이다.

계속해서 그는 역사교과서에 대해서는 아래와 같이 지적한다.

> 한일간에 심심찮게 등장하는 문제가 일본의 역사교과서 왜곡 문제다. 예를 들면 일본 역사교과서는 한국을 지배했던 35년 동안 한국에서 행한 잔학행

위라든지 난징대학살 등을 전혀 반영하지 않을 뿐만 아니라 일본의 한국지배가 오히려 한국에 유익했다는 망언을 서슴치 않는다. 미래의 바탕이 되는 것이 현재인 만큼 일본 사람들이 현재의 바탕이 되는 과거의 역사를 왜곡한다는 것은 단순히 그들이 과거를 어떻게 생각하느냐 하는 차원을 넘어서 그들이 미래의 한일 관계를 어떻게 설정하려고 하는가를 보여준다는 면에서 간과할 수 없는 중요한 문제라고 생각한다.

반면에 일본인은 자신들도 피해자라는 의식을 강하게 가지고 있다. 우리는 잘 모르지만 말이다. 거기에 대해 김현구는 같은 책에서

히로시마에 원자폭탄이 투하된 8월에 다시는 그런 일이 일어나지 않도록 하기 위해서 세계평화를 기원하는 무슨 기념대회를 한다는 것이었다. 요즈음도 연례행사로 세계의 평화애호가들을 초청해서 여는데 당시에는 그것이 무엇인지 잘 몰랐다. 그런데 그 내용을 읽어보니 이상했다. 다시는 원자폭탄이 투하되는 불행한 일이 없도록 하기 위한 행사라면 당연히 히로시마 원자폭탄 투하의 원인이 된 일본의 침략행위와 난징대학살 등 아시아 각국에서 행한 잔악행위, 그리고 2차대전을 일으킨 데 대한 반성과 더불어 다시는 이런 일이 일어나지 않게 하자는 내용이어야 할 것이다. 그러나 포스터의 내용에는 원인에 대한 언급이 전혀 없고 원자폭탄으로 처참하게 당한 일본인의 모습만이 제시되어 있어서 외부인에게는 일본이 선량한 피해자로 보일 수 밖에 없고……

라고 말한다.

『문학과 근대와 일본』　　　『요코이야기』

윤상인은 『문학과 근대와 일본』에서 집단적 피해의식의 구성요소로 원폭의 피해와 더불어 대규모 공습 그리고 '히키아게(引揚)'를 든다.[1] '히키아게'란 일본의 패전으로 중국, 조선 등지에 남아 있던 일본인의 본국으로의 귀환을 의미하는 말이다. 이 귀환에 관한 책으로는 요코 가와시마 왓킨스의 『요코이야기』(문학동네, 2005년 4월)가 있다. 여기에는 어린 요코가 당시 조선에서 '히키아게'하던 도중에 겪었던 일본인의 수난이 자세히 그려져 있다. (이 책이 한국 사회에 미친 파장과 그것에 대한 대응에 대해서는 후술한다.)

그런데 전여옥과 김현구는 과거사에 대한 일본인의 의식에 대해 그들이 과거사에 무지하기 때문이라고 지적한다. 전여옥은 같은 책에서

일본의 전쟁세대는 왜 그들의 아들과 손자들에게 독일처럼 '전범으로서의 과거'를 가르치지 않았던가? 몇몇 일본인들은 문부성에 그 책임을 돌리기도 한다. 원래 일본인들은 과거를 '물에 흘려보내는 습성'이 있다고 한다. 그러나 왜 그 모든 과거를 다 흘려보내지 않고 오로지 전후사만을 잊고 교육시키지 않았는가? (중략) 그 답은 바로 진실에, 역사의 사실에 맞닥뜨린 그들의 반응에서 찾을 수 있다. 전쟁에서 무슨 일이 있었고 일본이 어떤 일을 저질렀

---

1 윤상인, 『문학과 근대와 일본』, 문학과지성사, 2009년 6월.

는가를 잘 아는 세대는 후손에게 그것을 가르칠 수 없었을지도 모른다. 너무나 잔혹한 일을 저질렀기에 그들은 가르칠 수 없었을 것이다. 진실을 알게 될 후손의 반응이 그들은 두려웠을 것이다.

고 지적한다.

또한 김현구는 앞의 책에서 다음과 같이 말한다.

> ✓ 일본에서는 2차대전중의 아시아 각국에 대한 침략이나 35년간의 한국 지배에 대해서 잘못이라고 생각하지 않는 사람들이 많다. 그것은 과거 아시아 각국을 침략했거나 35년간 한국을 지배한 세력들이 패전 후에도 일본 사회를 지도하고 교육을 담당해왔기 때문이다. 그들이 과거의 잘못을 시인하는 것은 동시에 현재의 자기에 대한 비판과 부정이 되기 때문에 자기들의 잘못을 시인할 턱이 없고 자라나는 젊은이들에게 아시아에 대한 침략이나 한국 지배를 잘못된 역사라고 가르칠 리도 없다. 따라서 어쩌다가 할 수 없이 잘못을 시인하는 경우에도 그들의 본심일 수 없다. 그리고 그들의 영향을 받은 2세들이 과거 일본이 저지른 행위를 알 턱도 없고 피상적으로 약간 알고 있다 하더라도 그것을 잘못된 것이라고 생각할 리가 없다. (중략) 오히려 그들이 잘못을 시인하지 않고 망언을 하는 데 있는 것이 아니라 그들이 마음속으로는 자신들의 한국 지배나 아시아 각국에 대한 침략이 절대 잘못된 일이 아니라고 믿고 확신하는데 있다.

> ✓ 일본의 일반국민들은 차치하고라도 지식인이나 학생들조차 아시아

각국에 대한 침략을 반성하기보다는 어쩔 수 없는 상황에서 그렇게 될 수밖에 없었다거나 자기들은 모르는 일이라고 발뺌을 하는 경우가 대부분이다. 전쟁을 직접 겪지 않은 세대들까지도 일본이 아시아 각국에 대한 침략에 책임이 없다고 생각하는 것은 그들이 받은 교육의 결과라고 생각할 수밖에 없다. 그들의 생각이 현 일본지도층이 주장하는 논지와 일치하기 때문이다. 따라서 오늘날 일본에 신군국주의의 기운이 높아지고 있는 것은 전전의 군국주의자들이 전후에 다시 일본의 지도자로 재등장하여 실시한 정책과 교육의 결과라고밖에는 생각되지 않는다.

일본에서 유학했을 때 한 고등학교에서 3년 가까이 기간제교사로 근무한 적이 있다. 교무실 안에 위치한 필자의 자리 옆에는 일본 역사를 가르치시는 선생님이 계셨는데, 그의 말에 의하면 일본의 근·현대사 수업은 보통 메이지(明治)유신에서 끝난다고 한다. 곧 일본의 침략전쟁의 역사는 학교 교육에서는 가르치지 않는다는 것이다. 따라서 일본의 근·현대사에 특별한 관심을 가지고 있는 일본인이 아니라면, 일반적으로 일본인이 지난 침략 전쟁에 대해 잘 모르는 것은 어쩌면 너무나도 당연한지 모른다.

전여옥은 같은 책에서 일본 스스로는 과거사를 절대로 청산할 수 없다면서 다음과 같이 말한다.

나는 일본이 절대로 '과거청산'을 할 수 없다고 생각한다. 아시아를 비롯한 막대한 피해를 입힌 나라에 대해 '배상'을 하고 '과거사를 사죄'하는 일을 일본은 절대로 할 수 없다. 진주만 공격 이후 일본계 미국인을 강제수용소에

격려한 것을 미국이 내내 사죄하며 2만 달러의 보상금과 대통령의 이름으로
된 사과의 편지를 전하는 일은 절대로 일본에서는 있을 수 없다. 왜냐하면
일본인 스스로가 과거청산을 하지 못해서이다. 아시아에 끼친 막대한 피해는
뒤로 하고 일본인들이 왜 그런 일을 당해야 했으며 누가 그 전쟁의 책임자인가
를 가려낼 필요가 있다. 왜 자기 가족이 죽어야 했으며 특히 그 무모함과 이유
없음을 밝혀야만 한다.

그리고 그는 극단적으로 일본과의 '대화'를 그만두라고 말한다. 그
것과 관련된 기술은 『일본은 없다 1』에서

지금 일본이 한국을 대하는 태도를 지켜보면 나는 일본이 진정으로 두
민족 사이의 평화와 우호를 바라고 있는가를 의심할 수밖에 없다. 한마디로
일본을 믿을 수 없게 되었다. 이런 일본을 상대해야 하는 우리는 더 이상
일본과 과거문제를 놓고 이야기할 필요가 없다고 본다. 상대는 전혀 이야기
할 자세도 뜻도 없는데 우리는 계속해 이 이야기를 꺼내곤 한다. 우리가
할 수 있는 것은 그냥 일본을 지켜보는 것이다. 그리고 우리는 내실을 기하
면 된다. 진정으로 인권과 평화 그리고 정의가 실현되는 도덕적으로 한결
우위의 나라를 만들면 된다. 일본에 대한 우리의 관심과 어떤 의미에서 오랜
세월 내려온 애정(?)과 기대를 이제 거둘 때가 되었다.

고 나온다.
전여옥의 생각대로 일본 스스로 과거사를 청산하는 것은 그리 쉬운
일이 아닐 것이다. 쉬운 일이었다면 벌써 해결되었다. 그러나 그렇다

고 해서 우리는 그들과의 대화를 그만두고, 일본 문제에 손 놓고 있어
야만 하는가?

⁂

　KBS 2TV에서 방영했던 드라마 가운데 <사랑과 전쟁>이라는 것이
있었다. 주로 부부간의 갈등을 다루었는데, 인기가 있어 상당히 오랜
기간 지속되었다. 이 드라마가 다룬 것 중에 '증손 실종 사건'이라는
것이 있었다. 내용은 대체로 이렇다.

　어느 날 어린 아이가 횡단보도를 건너다가 차에 치이고 말았다. 트
럭을 몰던 운전자는 겁에 질려 그만 그 아이를 자기 집으로 데리고 가
버렸다. 아이는 생명에는 문제가 없었지만 기억을 상실해 자기가 누구
인지 모르게 된다. 마침 트럭 운전자와 그 아내는 아이가 없었기에, 그
아이에게 그들이 부모라고 거짓말을 한다. 아이는 그 집에서 한동안
자라게 된다.

　한편 하루아침에 아이를 잃어 버리게 된 부모와 조부 및 조모는 깊
은 실의에 빠진다. 그 슬픔을 감내하지 못한 할아버지와 할머니는 그
만 저세상으로 떠나고 만다. 부모는 아이를 백방으로 수소문을 하지만
그 행방은 묘연했다.

　그러던 어느 날 아이의 행방을 안다는 연락이 왔다. 그 연락을 한
사람은 다름 아닌 트럭 운전자의 아내였다. 트럭 운전자와 그의 아내
는 그 아이를 계속 키우려고 했지만, 트럭 운전자가 다른 사고를 내는
바람에 그가 형무소에 들어가게 된다. 트럭 운전자의 아내는 혼자의

힘으로는 아이를 키우기 어렵다고 느꼈고, 그래서 아이의 부모에게 아이의 소재를 알려 주게 된다.

마침내 아이는 자기의 집으로 돌아왔으나, 자신의 부모를 알아보지 못한다. 시간이 지나면 나아지려니 생각했지만 호전될 기색은 없었다. 그런데 아이의 아버지를 더욱 화나게 하는 것은 아이가 자기를 몰라본다는 것보다 아이의 '습관'이 굉장히 나빠졌다는 것이었다. 아이가 트럭 운전자 부부의 생활 습관을 배웠기 때문이다.

이런 모습에 비관한 아이의 아버지는 트럭 운전자를 용서하지 못한다. 분함과 억울함을 참지 못한다. 그래서 결국 부부 싸움이 잦아지게 되고, 부부 사이에 갈등이 심해진다. 그래도 여전히 아이의 아버지는 트럭 운전자에 대한 '증오'를 삭히지 못하고, 점점 폐인이 되어 간다.

아이가 있는 부모라면 이 드라마에 나오는 아이의 아버지의 심정을 충분히 '공감'할 수 있을 것이다. 하지만 자신의 가정이 파괴되어 간다는 것을 냉철히 생각해 보면, 트럭 운전자에 '증오심'만 키워 가는 아이의 아버지를 지지할 수만도 없다. 그 심정은 충분히 공감하지만 말이다.

⚏

우리는 실종되었던 아이의 아버지와 같은 감정 곧 '증오심'을 혹시 일본(인)에게 가지고 있는 것은 아닐까? 만약 그렇다면 우리는 그런 '감정'을 언제까지 가지고 있어야만 하는 것일까?

우리가 일본인이 느끼고 있는 '아픔'에 먼저 '공감'해 줄 수는 없는

것일까? 원폭 피해자와 납북된 이가 있는 가족의 아픔을 '같이' 아파
할 수는 없는 것일까? 그리고 나서 일본인에게도 우리가 식민지 때 겪
었던 '아픔', 그 연장 선상에 있는 이산가족의 '아픔'에 '공감'해 달라
고 말하는 것은 어떨까?

실제로 일본인 가운데 절대적으로 많다고는 할 수 없으나, 몇몇 사
람들은 우리의 '아픔'을 '공유'하고자 하는 움직임을 보여 주고 있다.
예를 들어 2009년 10월 28일 자 한겨레신문에 의하면 일본 아이치 현
(愛知県) 고마키 시에 있는 호마레 고등학교에 재학 중인 학생들이 숭례
문 복원을 위해 성금 10만 엔 곧, 한화 약 100만 원을 문화유산국민신
탁에 보내 왔다고 한다. 그러면서 "한국의 국보 1호인 숭례문이 소실
되었다는 소식을 듣고 거리에서 학교에서 모금했다."라며, "액수는 적
지만 우리 마음이 담겨 있으니 숭례문 재건을 위해 써 달라"고 당부했
다고 한다.

『흐르는 별은 살아 있다』

한편 일본인인 후지와라 데이는 『흐르는 별은
살아 있다』(청미래, 2003년 11월)에서 만주로부터의
귀환 경험을 전하고 있다. 우리도 그와 같은 경험
을 '공유'했기에 그의 '아픔'에 충분히 '공감'할
수 있었다. 그런 '공유'와 '공감'이 없었다면 이
책의 한국어 번역은 이루어지지 않았을 것이다.

역사학자인 야마다 쇼지(山田昭次)는 「경술국치
100년, 새로운 100년」이라는 어느 신문사의 특별 기획에서 "새로운 한
일 관계를 쌓아가기 위해서는 일본의 국가책임을 분명히 하는 것이 가
장 중요하다."고 지적한다.[2] 지극히 타당한 지적이다. 한편 이와 동시

에 우리의 노력도 필요하다. 즉 한국과 일본의 올바른 이해뿐만이 아니라 동북아시아의 영구 평화 구축은 타자(=일본)의 '아픔'을 '공유'하고 그 '아픔'에 '공감'하는 데서 시작되는 것이 아닐까. 우선 이 글을 읽고 있는 독자부터 시작해 보는 것은 어떨까.

⋮

끝으로 '공감'과 '공유'에 대한 시점에서 앞에서 든 『요코이야기』의 문제점을 다룬 김학이의 글인 「요코이야기 파문」을 소개한다. 길지만 좋은 글이고, 필자와 비슷한 인식을 보이고 있기에 그대로 인용한다.

또 터졌다. 늘 귀환하고 또 그만큼 절실한 이야기. 한국과 일본의 과거 문제다. 이번에는 특별하다. 일본 정치가의 폭력적 퍼포먼스가 아니라, 일제 패망 직후 한반도를 종단한 끝에 일본에 도착한 일본인 여성 요코 가와시마 왓킨슨의 '체험' 소설 "대나무 숲 저 멀리," 일명 '요코이야기'가 소란의 진원지다. 1945년 당시 11살이었던 저자는 귀향길에 한국인들에게 쫓겼을 뿐만 아니라 강간 장면도 목격했다는 것인데, 나는 역사적 사실 자체는 논란의 여지가 있다고 생각한다. 문제가 되는 그 해 7월과 8월의 한반도는 아직도 일본의 무력이 견고했기에 박해와 강간이 대량으로 발생하지는 않았을 것이다. 그러나 다른 한편 한 질서가 붕괴되던 그 시점에 국지적으로는 그런 사태가 발생했을 수도 있다.

---

2 한겨레신문, 2010년 1월 5일 자.

필자가 주목하는 것은 역사적 사실 그 자체가 아니라, 그 소설과 그에 대한 반응의 역사문화적 맥락이다. 나는 요코 씨의 진정성을 믿는다. 그녀는 여느 소설가처럼 분명히 자신의 체험을 있는 그대로 썼을 것이다. 그러나 그것은 단순한 체험의 기록이 아니라 재현이다. 그것이 소설이 아니라 수기에 입각한 기억이었어도 마찬가지다. 기억은 체험의 재현이기 때문이다. 그리고 기억은 아무리 개인적인 것이라고 해도 '대부분' 사회적이다. 인간은 사회적으로 용인되고 장려되는 기억에 준거해서 자신의 사적 체험을 재구성하기 때문이다. 요코이야기에서 놀라운 것은, 그것이 원폭 피해에서 도출된 현대 일본의 공적 기억, '피해자로서의 기억'에 정확하게 일치한다는 사실이다. 요코 씨의 체험은 현대 일본을 정초(定礎)해낸 창건신화, 다시 말해 '문화적 기억'의 일부인 셈이다.

문제는 그 소설에 대한 한국인의 반응도 마찬가지라는 점이다. 요코 씨가 자신을 일본판 안네 프랑크로 만들었다고 한국 네티즌들이 분노한 것은, 그 이야기가 현대 한국을 정초해낸 피해자로서의 문화적 기억과 어긋나기 때문이다. 일부 한국의 지식인들도 마찬가지다. 전쟁 직후 일본이 여전히 한국인을 핍박한 현실이라든가, 한국인이 일본인을 도운 예들을 소상히 밝힌 뒤에야 부분적인 가해 사실을 말해야 한다는 논리는, 피해자로서의 한국의 정초기억을 훼손할 수 없다는 선언에 다름 아니다. 따라서 요코이야기를 둘러싼 소란은 한일 두 나라의 문화적 기억이 충돌하여 벌어진 일이다.

모든 민족 공동체는 문화적 기억을 보유한다. 그러나 문화적 기억은 '대부분' 분열된 자아를 낳는다. 전후 프랑스는 레지스탕스를 문화적 기억으로 삼았다. 따라서 전쟁 중에 자발적으로 히틀러에 협력했던 비시 프랑스의 존재와 유대인을 자체 수용소에 가두고 학살 수용소로 이송했던 기억은 억

압되고 말았다. 그러나 1970년대에 들어와서 그 어두운 기억은 고통스럽게 귀환하였고, 그 후 프랑스는 도리어 그 기억에 가위눌리게 된다. 일부 잔존하고 있던 나치 부역자를 처벌한다고 난리법석을 떠는 것은 바로 그 때문이다. 전후 독일의 문제는 새삼 거론하지 않아도 될 것이다.

이는 우리가 요코이야기를 두고 무엇을 지향해야 하는지 잘 보여준다. 우리는 피해자와 항일이라는 우리의 정초기억을 방어하기 위해 가해와 암묵적 공범의 가능성에 눈을 감아서는 안 된다. 그렇다고 해서 친일파에 대한 역사적 규명을 그만두자는 것이 아니다. 중요한 것은 가해와 공범의 이야기를 어떻게 '새로운' 미래를 위한 재료로 삼을 수 있는가 하는 것이다. 그 새로움이 추상적인 것만은 아니다. 나는 요코이야기에 한국인들이 분노하기만 할 뿐, 아파하지 않는 현실에서 참담함을 느꼈다. 그러나 아파하는 사람들도 있었다. 바로 여성주의 시각에서 요코이야기를 바라보는 분들이었다. 그들은 한국과 일본의 문화적 기억이 아닌, 두 나라 여성들 모두가 일제의 피해자였다는 점을 분명히 했다. 그런 길을 가다보면 우리 역시 도덕공동체로 거듭나게 될 것이다. 경제주의로부터 벗어난 그 날에 우리는 제2의 요코이야기에 분노하기보다 아파하게 될 것이고, 그때 비로소 공범 및 가해자로서의 기억이 고통스럽게 귀환할 것이다.[3]

---

3 김학이, 「요코이야기 파문」, 교수신문, 2007년 3월 13일 자. 강조는 인용자.

문화형으로 바라본
한일비교문화

한국인의 **일본관**

상황론의 문화와
원칙론의 문화

    얼마 전의 일이다. 출근하기 위해 평소와 같이 마을버스를 기다리고 있었다. 방금 전에 버스가 출발했는지 정류장에는 사람이 아무도 없었다. 시간이 지남에 따라 하나둘씩 승객들이 오기 시작하더니 순식간에 10여 명이 모였다. 출근 시간에 볼 수 있는 아주 흔한 풍경이었다. 한 5분쯤 됐을까, 드디어 멀리서 마을버스가 어슴푸레하게 보였다. 곧 버스는 정류장에 도착했고, 맨 먼저 와 있던 나는 버스를 탈 마음의 준비를 하고 있었다. 바로 그때였다. 아, 이럴 수가! 나는 여느 때와 같이 앞문이 열릴 것을 예상하고 버스 앞문에서 대기하고 있었는데, 버스 기사는 버스의 앞문과 뒷문을 동시에 열어 버렸다. 나보다 나중에 온 사람들은 열리기 시작한 뒷문으로 일제히 향했고 버스를 탔다. 그리고 빈 좌석으로 남아 있던 버스 뒷좌석을 차지하고 말았다. 순간 당황했던 나는 멍한 상태에서 앞문으로 승차했다. 물론 좌석에 앉을 수 없었다. 좀 허탈했고, 허망했다.

    그런데 이날 아침 겪었던 에피소드가 일본에서 겪은 나의 체험을 상기시켰다. 벌써 10년도 더 된 일이다. 개인사정으로 몇 년 간 일본에서 체류한 적이 있었다. 그때 일본사회에 적지 않은 신선한 문화 충격을 느꼈는데, 그중 특히 기억에 남는 것은 일본의 버스 문화다. 우리의 버스 문화와 달라도 너무나 달랐기 때문이다.

우선 일본은 우리처럼 교통카드를 사용하지 않았다. 최근에는 카드를 사용하는 사람도 있기는 하지만, 아직까지도 일반적으로는 승차할 때 어디에서 탔는지를 알려주는 조그마한 종이를 승객이 직접 받은 후, 내릴 때 미리 받은 종이와 함께 버스 안에 표시된 요금표대로 버스 요금을 현금으로 낸다. 또한 평균적인 한국인이 판단하기에 일본의 버스는 그 주행 속도가 답답할 정도로 느리다. 게다가 혹시라도 나이 드신 분이 버스를 타려고 하면 보통은 운전기사가 끝까지 기다려준다. 버스 안은 또 얼마나 조용한가! 승객들이 휴대폰으로 전화를 걸지 않아서 그렇고, 운전기사가 라디오나 CD를 틀지 않아서도 그렇다. 그리고 일시 정차했을 때에는 시동을 끄기도 하는데, 이 광경을 처음 접했을 때에는 '버스가 고장났나?' 생각하기도 했다.

그런데 나를 정말로 놀라게 했던 것은 이와 같은 것들이 아니었다. 지역에 따라 다를 수는 있겠지만, 내가 살았던 곳에서는 버스를 탈 때에는 뒤에서 타고, 내릴 때에는 앞에서 내렸다. 그리고 이 규칙은 지금도 그렇다. 우리와 정반대다. 그런데 8년 가까이 일본에 살면서 버스를 수도 없이 탔지만 승차할 때는 뒷문, 하차할 때는 앞문이라는 버스 승하차의 규칙을 어긴 버스기사도 승객도 본 적이 없다. 아무리 바쁜 출근 시간인데도 말이다.

우리에게는 '버스를 탈 때는 앞문에서, 내릴 때는 뒷문에서'라는 버스 승하차의 원칙이 있다. 하지만 러시아워나 승객이 많은 때에 버스 기사는 그 상황에 맞게 양쪽 문을 함께 개방하기도 한다. 그리고 그런 판단과 행동이 가능한 것은 버스 기사와 승객의 요구, 곧 빨리 갈 수 있어 좋다는 무언의 합의가 있기 때문이다. 다시 말하면 우리에게는 버스 승하차의 원칙은 있지만 그 원칙은 절대적인 것이 아니라 상황에 따라서 얼마든지 바뀔 수 있는 것이다. 그런 의미에서 승차 시에는 앞문, 하차 시에는 뒷문이라는 원칙은 절대적인 가치가 아니라 상대적인 가치이고, 버스 승하차 문화에서 엿보이는 한국문화는 좀 거칠게 말하면 원칙 중심의 문화가 아니라 상황 중심의 문화다. 한편 일본의 버스 문화는 승차는 뒷문, 하차는 앞문을 지키는 문화다. 그런 뜻에서 상황 중심의 문화가 아니라 원칙 중심의 문화라고 말할 수 있다.

그렇다면 문화형(型)에는 우열이 있을까? 없다고 본다. 다만 다름이 있을 뿐이다. 버스 승하차의 문화를 포함한 한일 간에 보이는 문화의 차이도 그렇다. 따라서 단순히 한일문화를 비교해서 그중 하나를 기준으로 삼아 다른 것을 평가할 수도 없고, 해서도 안 된다고 생각한다.[1]

---

1 이 글은 한겨레신문사의 공모전 당선작이다. (세월호 참사 계기 한겨레 공모전 <한국사회의 길을 묻다> 『0416』한겨레, 2014) 본서의 성격에 맞춰 내용 중 일부를 삭제하고 수정하여 게재한다.

한국인의 **일본관**

참고문헌

신문 (여기서는 대표적인 몇 기사만 제시)

김학이, 「요쿄이야기 파문」, 교수신문, 2007년 3월 13일 자.

사카모토 요시카즈, 「'비핵공동체' 전제돼야 '동아시아 공동체' 가능」, 한겨레신문, 2009년 9월 16일 자.

국내논저 (출판년도 순으로 배열)

서울대학교동아문화연구소(편), 『국어국문학사전』, 신구문화사, 1973년 11월.

이광수, 「민족개조론」, 『민족개조론』 수록, 우신사, 1981년 7월.

박병식, 『일본어의 비극』, 평민사, 1987년 3월.

노성환, 『일본 고사기』(상·중·하), 예전사, 1987년 12월.

정경모, 『일본의 본질을 묻는다』, 창작과 비평사, 1988년 9월.

今井久美雄(외), 『일본유학생활 가이드』, 동아일보사, 1992년 4월. (초판 1991년 8월)

지명관, 『벚꽃은 오래 피지 않는다』, 동아일보사, 1993년 8월.

전여옥, 『일본은 없다 1』, 푸른숲, 2000년 3월. (초판 1993년 11월)

김영명, 『일본의 빈곤』, 미래사, 1994년 3월.

김용운, 『한국인과 일본인』, 한길사, 1994년 8월.

이영희, 『노래하는 역사』, 조선일보사, 1994년 9월.

전여옥, 『일본은 없다 2』, 지식공작소, 1995년 4월.

김현구, 『김현구 교수의 일본이야기』, 창비, 2004년 3월. (초판 1996년 3월)

노성환, 『젓가락 사이로 본 일본문화』, 교보문고, 1997년 1월.

전용신, 『일본서기』 일지사, 1997년 3월.

안중근, 「동양평화론」, 『동아시아의 '동양' 인식 : 19-20세기』 수록, 문학과
　　　지성사, 1997년 12월.

찐원쒜 · 찐밍쒜, 『일본문화의 수수께끼』, 우석, 1998년 11월.

이케하라 마모루, 『맞아죽을 각오를 하고 쓴 한국한국인 비판』, 중앙M&B,
　　　1999년 7월. (초판 1999년 1월)

이원복, 『새 먼나라 이웃나라-일본 · 일본인편』, 김영사, 2000년 1월.

박유하, 『누가 일본을 왜곡하는가』, 사회평론, 2000년 8월.

한영혜, 『일본사회개설』, 한울아카데미, 2004년 8월. (초판 2001년 3월)

이영희, 『노래하는 역사 2』, 조선일보사, 2001년 6월.

김완섭, 『친일파를 위한 변명』, 문예춘추, 2002년 2월.

신순옥, 『재일조선인의 가슴속』, 십년후, 2003년 5월.

강준만, 『대중문화의 겉과 속』, 인문과 사상, 2003년 7월.

구정호(외), 「현대 일본문화와 사회의 이해」, 『스모남편과 벤토부인』, 2003년
　　　12월.

박유하, 『반일 민족주의를 넘어서』, 사회평론, 2004년 4월.

박상현, 『만엽집과 정치성』, 제이앤씨, 2004년 9월.

강상중, 『재일 강상중』, 삶과꿈, 2004년 11월.

하우봉, 『한국과 일본-상호인식의 역사와 미래』, 살림, 2005년 7월.

김소운, 『목근통신 : 일본에 보내는 편지』, 아롬미디어, 2006년 8월.

박규태, 『국화와 칼』, 문예출판사, 2008년 2월.

박상현, 『일본인의 사랑의 문화사』, 제이앤씨, 2008년 4월.

지명관, 「일본학 연구의 과제와 방향-동북아시아학을 제기하면서」, 『한림일
　　　본학』 제13집, 한림대학교일본학연구소, 2008년 8월.

선우정, 『일본 일본인 일본의 힘-그들에게 무엇을 배울 것인가』, 루비박스,
　　　2009년 1월.

박상현, 「식민주의와 번역-김억의 '만엽집초역'을 중심으로」, 『일본연구』,
　　　2009년 2월.

박상현, 『해석의 정치학』, 제이앤씨, 2009년 3월.

윤상인, 『문학과 근대와 일본』, 문학과지성사, 2009년 6월.

홍세화, 『생각의 좌표』, 한겨레출판, 2009년 11월.

박상현, 「김억의 『鮮譯愛國百人一首』 연구」, 『통번역교육연구』, 2009년 12월.

외국논저 (출판년도 순으로 배열)

折口信夫, 「万葉集研究」, 『古代研究 国文学編』, 1928年.

益田勝実, 「防人等」, 『万葉』 第六号, 万葉学会, 1952年 10月.

吉野裕, 『防人歌の基礎構造』, 筑摩叢書, 1984年 1月. (초판 1953年)

鶴久・森山隆, 『万葉集』, おうふう, 1972年 4月.

루스 베네딕트(저)・김윤식・오인석(역), 『국화와 칼』, 을유출판사, 2009년 3
　　　월. (초판 1974년)

中西進, 『万葉集』, 講談社, 1978年 8月.

藤村由加, 『人麻呂の暗號』 新潮社, 1989年 1月.

朴一昊, 「万葉集は韓国語<朝鮮語>で読めるか」, 『国文学 解釈と教材の研究』, 学燈社, 1996年.

마루야마 마사오(외), 『사상사의 방법과 대상』, 소화, 1997년 8월.

정대균(저)・이경덕(역), 『한국인에게 일본은 무엇인가』, 강, 2000년 1월.

藤原帰一, 『戦争を記憶するー広島・ホロコーストと現在』, 講談社, 2001年 2月.

上野誠, 『万葉にみる 男の裏切り・女の嫉妬』, NHK出版, 2002年 9月.

후지와라 데이(저)・위귀정(역), 『흐르는 별은 살아 있다』, 청미래, 2003년 11월.

話題の達人倶楽部, 『日本人のデータ』, 青春出版社, 2004年 10月.

요코 가와시마 왓킨스(저)・윤현주(역), 『요코이야기』, 문학동네, 2005년 4월.

上野誠(저)・박상현(역), 『천년의 연가』, 제이앤씨, 2006년 3월.

朴相鉉, 『国文学 解釈と教材の研究』 學燈社, 2006年 8月.

쓰지 유미(저)・이희재(역), 『번역사 오디세이』, 끌레마, 2008년 5월.

개번 매코맥(저)・이기호(역), 『종속국가 일본ー미국의 품에서 욕망하는 지역패권』, 창비, 2008년 9월.

사카이 나오키(저)・최정옥(역), 『일본 영상 미국ー공감의 공동체와 제국적 국민주의』, 그린비, 2008년 9월.

찾아보기

A-Z/あ/*

저자 소개

박상현

- 경희사이버대학교 일본학과 교수
- 성균관대학교 인문과학연구소 선임연구원 역임
- 일본문화학 전공(万葉集)

  일제강점기 식민지 조선에서 최남선, 이광수, 서두수, 김억 등이 조선어로 옮긴 와카(和歌) 번역 텍스트를 집중적으로 고찰하고 있다. 이를 통해 조선 지식인의 일본문학 및 일본문화관(觀)을 살펴보고자 한다. 한편 최근에는 한겨레 신문사가 발간한 『0416』을 통해 에세이스트로 데뷔했다. 이 단행본은 세월호 참사를 계기로 한겨레가 <한국 사회의 길을 묻다>라는 주제하에 에세이를 공모한 후, 선정작을 모은 것이다. 앞으로도 일본학 연구자의 정체성과 함께 에세이스트의 정체성을 유지하면서 책을 읽고 글을 쓰고 싶다.

  주요 논문으로는 「춘원 이광수의 「명치천황어제근역」 연구」(『일본학연구』 단국대학교 일본연구소, 2004년), 저서로는 『한국인에게 '일본'이란 무엇인가』(박문사, 2010년), 역서(공역)로는 『한일교섭－청구권 문제연구』(선인, 2008년) 등이 있다.